Couverture inférieure manquante

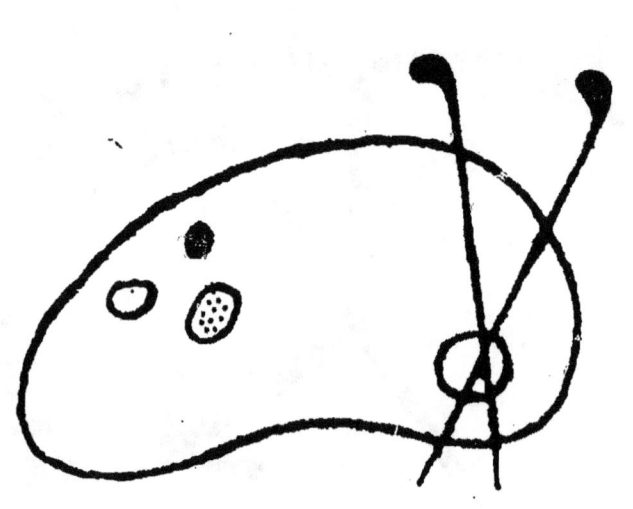

Début d'une série de documents
en couleur

CATULLE MENDÈS

POÉSIES

TOME SECOND

CONTES ÉPIQUES — HESPÉRUS — INTERMÈDE

PIÈCES DATÉES — SOLEIL DE MINUIT

PARIS

BIBLIOTHÈQUE-CHARPENTIER

G. CHARPENTIER ET E. FASQUELLE, ÉDITEURS

11, RUE DE GRENELLE, 11

1892

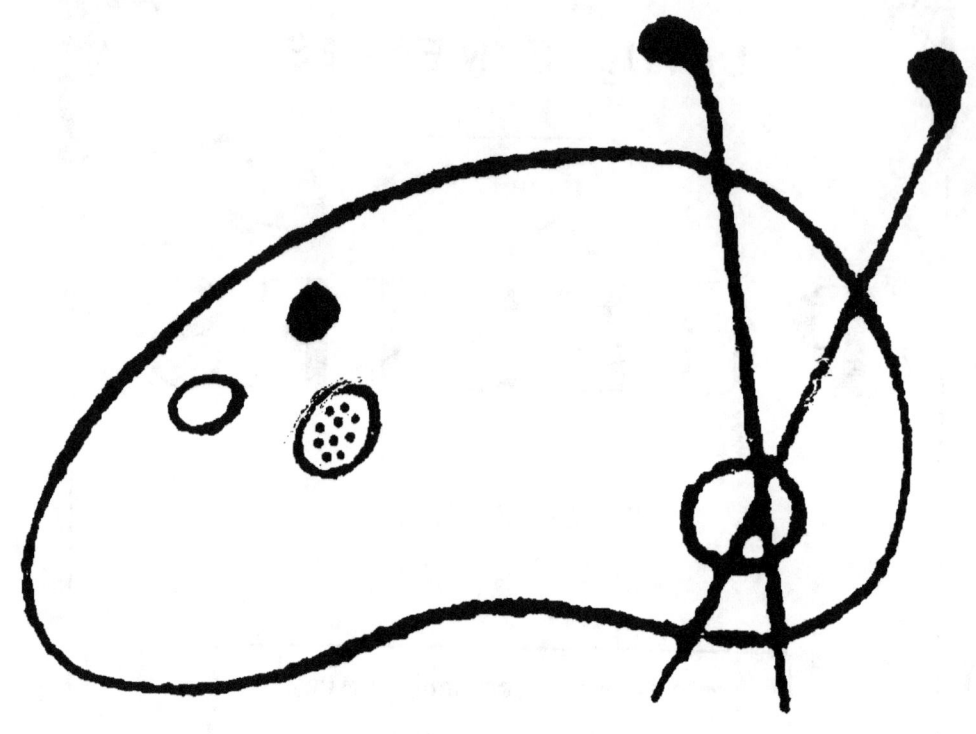

Fin d'une série de documents
en couleur

POÉSIES

IL A ÉTÉ TIRÉ VINGT EXEMPLAIRES NUMÉROTÉS

SUR PAPIER DE HOLLANDE

Sceaux. — Impr. Charaire et Cie

CATULLE MENDÈS

CATULLE MENDÈS

POÉSIES

— TOME SECOND —

AVEC UN PORTRAIT DE L'AUTEUR, EAU-FORTE DE F. DESMOULIN

CONTES ÉPIQUES — HESPÉRUS — INTERMÈDE

PIÈCES DATÉES

LE SOLEIL DE MINUIT

PARIS
BIBLIOTHÈQUE-CHARPENTIER

G. CHARPENTIER ET E. FASQUELLE, ÉDITEURS

11, RUE DE GRENELLE, 11

1892

CONTES ÉPIQUES

A Léon Dierx.

1

NOTE BIBLIOGRAPHIQUE

Les premiers *Contes épiques*, peu nombreux, parurent en 1870 dans le *Parnasse contemporain*. Ils formèrent ensuite, avec quelques pièces de plus, un petit volume publié en 1872 par l'éditeur Jouaust ; cette édition est depuis longtemps épuisée. Ils firent partie de *les Poésies de Catulle Mendès* (1876, chez Sandoz et Fischbacher), ouvrage également épuisé. Avec beaucoup de contes nouveaux, ils furent le quatrième des sept volumes intitulés *les Poésies de Catulle Mendès*. (Ollendorff, 1885 ; et Dentu, 1886.)

LE VAINCU

Tout ce que la clarté peut engendrer de foudre,
Tout ce que l'Éternel a de colère en lui,
Dans un immense éclair venait de se résoudre.

Champ des premiers combats, le chaos ébloui
Avait porté le duel resplendissant des Anges
Et Lucifer tombait pour n'avoir pas dit : oui.

Dans une profondeur de flammes et de fanges
S'obscurcissait l'antique égal des astres d'or,
L'aïeul des révoltés, inhabile aux louanges.

Trop avant dans l'abîme acharnant leur essor,
Deux Chérubins hâtaient la fuite de sa gloire ;
Mais le vaincu lutta dans sa défaite encor.

Il vainquit ! joie unique en l'infini déboire !
Sur les deux serviteurs du maître contesté
Plana, démesuré drapeau, son aile noire !

L'un des Chérubins dit : « Puisque tu m'as dompté,
« Puisqu'en nous le divin triomphe a laissé prendre
« Un instant de victoire à son éternité :

« Éteins notre lueur sidérale en ta cendre,
« Et, le cœur consolé par de communs tourments,
« Dans ta chute avec toi force-nous à descendre. »

Autour de lui, les siens, dans ces mornes moments,
Les fils de son orgueil, les aiglons de son aire,
Tombaient, brûlés d'éclairs et de foudre fumants ;

Lui-même, expiateur marqué par le tonnerre,

Il se voyait le long des temps illimités

Traîner un désespoir mille fois centenaire !

Il saurait l'infernal amour des cieux quittés,

Et du jour, dans la nuit, le souvenir acerbe...

« Anges, dit-il, ouvrez votre aile, et remontez ! »

Alors les cieux vainqueurs frémirent ! O doux verbe !

O grandeur du premier maudit, compatissant !

Les serviteurs du Trône, émus dans leur superbe,

Interrogeaient les yeux troublés du Tout-Puissant.

L'ORGUEIL

La matière et la forme étaient encor futures.

Le Seigneur désira l'amour des créatures;
Il fit cet univers magnifique et charmant,
Disant : « L'homme y vivra dans le contentement
De respirer mon souffle et de voir ma lumière. »
Et, du pied, le Seigneur fit rouler une pierre,
Et la pierre prit vie, et ce fut l'homme.

Dieu
Dit à l'homme : « Ton nom est Adam. Le ciel bleu

Et ses astres, la terre et ses bêtes sans haine,
Celles des monts, des bois, et celles de la plaine,
Et les fleuves, et l'air sacré qui t'investit,
Et la femme dont l'œil est un ciel plus petit
Mais aux rayons plus doux que ceux des astres mêmes,
Afin qu'humble et ravi tu m'adores et m'aimes,
Je te les donne, ainsi que le nom qui te sied. »

L'homme cria : « Pourquoi m'as-tu poussé du pied ? »

LES FILS DES ANGES

Un jour, les fils du Ciel, bravant la règle austére,
S'unirent clandestins aux filles de la Terre
Pendant que celles-ci dormaient leur doux sommeil.

« Qui nous a mis, Seigneur, ces fiammes de soleil
Et ces nimbes parmi nos longues chevelures?
Quels étaient ces baisers chauds comme des brûlures
Que la nuit chaste a vus se poser sur nos fronts?
C'est d'un mal inconnu, divin, que nous souffrons,
Et nous n'avons jamais été comme nous sommes. »
Ainsi dirent tout bas les épouses des hommes,

Le matin, en peignant leurs cheveux.

                         Et depuis
On les voyait rester longtemps autour des puits,
Immobiles, avec la cruche de grès rose
A l'épaule, disant parfois : « C'est une chose
Grave ! » et se concertant jusqu'au soleil couché.

Hélas ! pendant la nuit du mystique péché,
Elles avaient conçu sous le baiser des Anges !

« Holà ! femmes, voici des rejetons étranges,
Crièrent les époux quand les fils furent nés,
Et c'est mal à propos que vous nous les donnez.
Leur front a des lueurs d'étoile qui se lève ;
Leur œil jette l'éclair comme l'acier du glaive
Que les jeunes guerriers portent pour le combat ;
Une aile impatiente et grande ouverte bat
Leurs flancs, aile de cygne ou de colombe ou d'aigle !
Et quand leur chevelure ardente se dérègle,
C'est comme un bélier d'or secouant sa toison
Voici le déshonneur entré dans la maison ;

Mais d'où qu'il soit venu, nous voulons qu'il en sorte.
Nous ne fîmes jamais enfants de cette sorte.
Les nôtres sont cagneux, bossus, ils ont le pied
De travers et les yeux sans flammes, comme il sied
Aux légitimes fils des honnêtes familles. »

Là-dessus les époux firent venir les filles
Que l'esclavage courbe aux travaux les plus vils :
« Vous allez emporter ces bâtards, dirent-ils,
Vous les exposerez loin de toute citerne
Dans un bois que le cri des lionnes consterne,
Sans eau, sans fruits, sans pain, et si l'un d'eux survit,
Un seul ! vous périrez toutes. »

　　　　　　　　　　　　Alors on vit
Les servantes verser des larmes sur les langes
En emportant les fils adorables des Anges !

LE CONSENTEMENT

Ahod fut un pasteur opulent dans la plaine.
Sa femme, un jour d'été, posant sa cruche pleine,
Se coucha sous un arbre au pays de Béthel,
Et, s'endormant, elle eut un songe, qui fut tel :

D'abord il lui sembla qu'elle sortait d'un rêve
Et qu'Ahod lui disait : « Femme, allons, qu'on se lève.
Aux marchands de Ségor, l'an dernier, j'ai vendu
Cent brebis, et le tiers du prix m'est encor dû.

Mais la distance est grande et ma vieillesse est lasse.

Qui pourrais-je envoyer à Ségor en ma place?

Rare est un messager fidèle et diligent.

Vas, et réclame-leur trente sicles d'argent. »

Elle n'objecta point le désert, l'épouvante,

Les voleurs. « Vous parlez, maître, à votre servante. »

Et quand, montrant la droite, il eut dit : « C'est par là! »

Elle prit un manteau de laine, et s'en alla.

Les sentiers étaient durs et si pointus de pierres

Qu'elle eut du sang aux pieds et des pleurs aux paupières.

Pourtant elle marcha tout le jour, et, le soir,

Elle marchait encor, sans entendre ni voir,

Quand tout à coup, de l'ombre, avec un cri farouche,

Quelqu'un bondit, lui mit une main sur la bouche,

D'un geste forcené lui vola son manteau

Et s'enfuit, lui laissant dans la gorge un couteau!

A ce coup, le sursaut d'une transe mortelle

La réveilla.

          L'époux se tenait devant elle.

« Aux marchands de Ségor, lui dit-il, j'ai vendu

Cent brebis, et le tiers du prix m'est encor dû.

Mais la distance est grande et ma vieillesse est lasse.

Qui pourrais-je envoyer à Ségor en ma place?

Rare est un messager fidèle et diligent.

Vas, et réclame-leur trente sicles d'argent. »

La femme dit : « Le maître a parlé, je suis prête. »

Elle appela ses fils, mit ses mains sur la tête

Du fier aîné, baisa le front du plus petit,

Et, prenant son manteau de laine, elle partit.

LES IMPRÉCATIONS D'AGAR

Quand la centième année aggrava les vieux ans
D'Abraham (ainsi tombe une gerbe à la meule),
Sara fut mère enfin dans son âge d'aïeule,
Les Eloïm ayant béni ses flancs pesants.

« — Le Verbe du Seigneur, ô pasteur de chamelles,
« Germa durant neuf mois en mon ventre élargi,
« Et voici que ta race innombrable a vagi
« Dans le cri de l'enfant qui cherche mes mamelles.

« Un mâle étant sorti de moi, jusques à quand
« Garderas-tu le fils impur de l'étrangère,
« Qui, tout jaune du fiel que l'orgueil lui suggère,
« Cligne de l'œil dans l'ombre et rôde en se moquant ?

« Va, chasse avec le fils la mère égyptienne
« Comme on jette la branche avec son fruit gâté ;
« Sans doute il n'est pas bon qu'à ma fécondité
« Se confronte l'opprobre insolent de la sienne.

« Puisque l'on voit encor sous le lin gracieux
« Sa jeunesse mûrir en deux rondeurs égales,
« Qu'elle parte ! emportant des tentes conjugales
« La honte de ma face et l'amour de tes yeux !

« Certes, le faon de la servante, qui put naître
« Sans lui rider les flancs ni lui creuser les seins,
« Avec l'homme que Dieu réserve à ses desseins
« Ne partagera pas l'héritage du maître. »

Ainsi parla la Vieille en son orgueil cruel ;
Et vers Beel-Sheba sans eau ni halte verte,
Agar, un cri muet dans sa bouche entr'ouverte,
Partit, morne, et menant par la main Ismaël.

Un pacifique vent sous le firmament calme
Refoulait l'ombre avec son astre décliné,
Comme si dans le vague orient eût plané
Le large battement d'une invisible palme.

Les tentes frémissaient dans le camp du pasteur ;
Sur les seuils gris, voilés de brouillards déjà roses,
Les femmes soulevaient la toile avec des poses
Où le sommeil récent a laissé sa lenteur.

Le tintement léger qui sort des bergeries
Fut doublé par un cri d'oiseau, grêle et charmant,
Dans le cèdre aux grands bras où tremblaient longuement
Les lents lambeaux de brume envolés des prairies.

Puis, brusque, et dans une âpre explosion d'éveil,
Comme un fauve lion se cabre hors de l'antre
De l'or dans la crinière et de la pourpre au ventre,
Au sanglant horizon surgit le beau soleil !

Avec un grouillement de fourmilière en marche
Les prospères loisirs et les labeurs contents
S'émurent, clairs et vifs, sous les cieux éclatants,
Autour des pavillons bénis du patriarche.

Sous les grands seaux d'argile où le lait ruissela,
Les servantes passaient, laissant pendre leurs manches ;
Des groupes d'enfants nus tétaient les chèvres blanches ;
Et les deux exilés, de loin, voyaient cela.

Alors Agar : « Malheur à ceux qui m'ont chassée !
« Ils séjournent, pleins d'aise, au creux des gras vallons,
« Et moi, vers le désert aride, à reculons
« Je fuis, chienne battue et du pied repoussée !

2.

« Sur l'herbe fraîche où l'eau glisse et bruit sans fin,
« Ils se partageront les pains de miel et d'orge ;
« Comme un bœuf ruminant le vide dans sa gorge,
« Moi, je boirai ma soif et mangerai ma faim !

« Et si, lasse, et n'ayant que le sable pour couche,
« Je défaille en mordant le vent dans un long cri,
« Mon fils, rampant vers moi, mon fils, hâve et maigri,
« D'un baiser affamé menacera ma bouche !

« O centenaire chef des errantes tribus !
« Puisque dans la famine et les deuils tu m'exiles,
« Moi qui, belle, et courbant mes pudeurs indociles,
« Toujours te fis plaisir autant que je le pus,

« Tremble en ton double espoir, ancêtre des deux races !
« Car la haine va naître et jamais ne mourra
« Entre les fils d'Agar — et les fils de Sara,
« Vil bétail lourd de graisse en proie aux loups voraces !

« Tremble! ils seront hardis, et forts, et violents,

« Et libres sous les cieux, les bâtards de l'esclave!

« La revanche comme un ruissellement de lave

« Jaillira du cratère antique de mes flancs.

« Tes Isaacs repus, souvent, d'un œil oblique,

« Regarderont parmi les vapeurs du festin

« S'ils ne voient pas surgir à l'horizon lointain

« Les maigres cavaliers du désert famélique !

« Puis, sans nombre, et debout sous le ciel insulté,

« Tous les vaincus pour qui les défaites sont belles

« Et tous les vagabonds avec tous les rebelles

« Peupleront l'infini de ma postérité.

« Vainqueurs ! craignez leur rage et leur joie encor pire !

« Gais, ils ricaneront vers Dieu : Non, tu n'es pas!

« Dans l'énorme édifice humain, du haut en bas,

« Se tordra la lézarde affreuse de leur rire.

« Et mes filles seront plus fortes que mes fils !

« Maîtresse au corps flétri, qui chassas ta servante

« A cause de sa bouche ouverte en fleur vivante

« Et de son jeune sein ferme et frais comme un lys,

« Austère épouse, aïeule auguste des familles,

« Loin de vanter, crédule en l'avenir peu sûr,

« Ton nouveau-né pareil au ver d'un fruit trop mûr,

« Lamente-toi sur lui, Sara !... J'aurai des filles !

« Blanches, aux grands cheveux lourds et doux et flottants,

« En longues robes d'or toujours mal refermées,

« Elles iront, laissant dans les foules charmées,

« Un sillage d'odeur et de chaleur, longtemps !

« Pour l'amour de leur gorge entrevue, et de l'ombre

« Que font les duvets fins sous les beaux bras levés ;

« Les plus forts ramperont, lâchement énervés,

« Les plus purs connaîtront les bassesses sans nombre,

« Et tous, furtifs, cachant sous leurs doigts leur rougeur,

« Pleins encor du regret des débauches jalouses,

« Rapporteront au lit des pleurantes épouses

« Des corps vidés de sang par le baiser vengeur! »

Telle, sous l'épouvante éparse des nuées

Que déchirait le vent dans le désert du ciel,

Prophétisait la grande Agar pleine de fiel,

Mère des révoltés et des prostituées;

Et vers les lieux lointains où seront les Sions,

Les opulentes Tyrs, les Romes triomphales,

Les souffles, emportant sa voix dans leurs rafales,

Fuyaient, sombres semeurs de malédictions!

———

LA PATRIE

Ces Juifs criaient vers Dieu dans l'Ile de l'exil.
Car, pareil au boucher sanglant jusqu'au nombril
Qui s'assied n'ayant pu saigner toutes les bêtes,
L'affreux Titus, campé sur des monceaux de têtes,
N'acheva point le reste éperdu des Hébreux :
Et les uns avaient fui vers la Crète, nombreux,
S'étonnant, sur le pont des nefs aux blanches toiles,
Qu'avec les mêmes yeux on vît d'autres étoiles.
O roses de Saron, ils ne vous cueillaient plus !
Ville aux toits hauts, colline, oliviers chevelus,

Si doux à la fatigue après les jours de marche,

Sépulture des Rois, ruines où fut l'Arche,

Logis familiaux aux coins accoutumés,

Berceaux des chers vivants, tombes des morts aimés,

Fleuve, vallons rougis par la grappe meurtrie,

Comme vous étiez loin de leurs regards, patrie!

Le soir, ils s'assemblaient, mornes, pleins de sanglots,

Quand le couchant se creuse à l'horizon des flots,

Croyant dans les splendeurs de la céleste ornière

Voir des Jérusalems de pourpre et de lumière!

Et les vieillards sentant venir leur jour dernier

Échangeaient leurs plus chers trésors contre un panier

De sable ou de limon porté de Samarie,

Pour dormir dans un peu de la terre chérie.

Or quelqu'un se leva d'entre eux.

                         « Dans sa pitié

« Le Seigneur se souvient d'Israël châtié;

« Le Dieu qui suscita les prophètes m'envoie,

« Peuple! pour te mener hors du deuil dans la joie :

« Pareil au fils d'Amram, je lèverai la main

« Et les flots divisés t'ouvriront un chemin

« Vers le beau Chanaan où les cèdres murmurent! »

Celui qui leur parlait ainsi, ces Juifs le crurent.
Au jour fixé, la foule énorme des proscrits,
Gravement, trois par trois, sans tumultes, sans cris,
Suivit l'homme de Dieu sur le long promontoire
Qui s'incline et se perd dans la mer bleue et noire.
L'homme, parmi l'écume ayant borné ses pas,
Leva la main ! Les flots ne s'écartèrent pas.
Il fit le signe encor ! L'onde resta fermée.
Mais lui, calme, et marchant vers la patrie aimée,
Sans recul, sans frisson, il entra dans la mer
Qui nous prend et nous roule en son abîme amer,
Et les Juifs vers les flots où leur tombe était prête
Le suivaient, trois par trois, sans retourner la tête.

L'ENFANT KRICHNA

Midi fait resplendir et fumer les rivages.
Avec les jeunes paons et les chèvres sauvages,
Se joue au bord de l'eau Krichna, l'enfant divin.

Là-bas, roulant son ombre aux pentes du ravin
Et voilé d'une brume où l'aspect se déforme,
L'escarpement confus d'une montagne énorme
Porte le Bhandîra qui semble une forêt;
Et cet arbre si haut s'élève qu'il pourrait,
Dominateur d'un bois de cyprès et d'yeuses,
Voir le Gange rouler ses eaux mélodieuses

A travers les cheveux effrayants de Çiva.

Kriçhna, l'enfant divin, le long des berges, va,
Plein d'aise. La liane et la brise au passage
Caressent le lotus sombre de son visage
Épanoui. Pieds nus sur les cailloux luisants,
Il court avec le souffle et l'onde. Il a six ans.
Il court. Pleines de fleurs, ses mains sont des corbeilles.
Il jase avec le flot qui chante et les abeilles.
Sa nourrice le suit et dit souvent : « Kriçhna,
Prends garde ! » Mais l'enfant rase le bord et n'a
Point souci de la voix grondeuse qui s'effraie.

Or, près de l'eau, teignant de sang la verte haie,
Les fruits ronds du vimba rougissent par milliers.
On pourrait, d'un peu loin, croire que des colliers
De corail au milieu des fleurs d'épine écloses
Ont dénoué leur fil et semé leurs grains roses.
Sous les feuilles du blanc jasmin qui la voila
Kriçhna ne cherche plus l'abeille. Le voilà
Mordant la chair, buvant le sang des graines mûres,
Et les roux écureuils enfuis sous les ramures,

Jaloux, songent : Quand donc en aura-t-il assez?

« Fils de mon maître, dit la nourrice, laissez
Cet arbre. »

Mais le fils de Vaçou continue
Son repas. Une branche est déjà toute nue
Et reflète dans l'eau son squelette épineux.

« Les vimbas, quelquefois, ont des fruits vénéneux,
Mon cher seigneur! »

Kriçhna dépouille une autre branche.

« Dans la jatte d'ivoire où votre soif s'étanche,
Je verserai le miel odorant du mangou! »

Kriçhna rit. Les deux pieds dans le fleuve, le cou
Dans les ronces, il mange, et nargue le reproche,
Et rit.

La femme alors, en colère, s'approche,

Le saisit, et : « Quittez cet arbre ! Je le veux ! »
Lui dit-elle.

　　　　　Krichna ne rit plus. Des cheveux
Farouches, sur son front où s'allume le signe
Du Soleil, imprévus, se dressent ! Il trépigne.
L'œil noir de sang, le sein renflé, les bras tordus,
Il ouvre, toute rose encor des fruits mordus,
Sa bouche, et la nourrice, avec un cri, recule,
Car, dans la profondeur rouge d'un crépuscule
Plein d'astres et d'éclairs qui remplit le dedans
De la bouche au delà des quatre-vingt-dix dents,
Elle a vu, sombre choc de monts, de ciels et d'ondes,
Passer la vision terrible des trois Mondes !

LE DISCIPLE

Le Bouddha rêve, ayant dans ses mains ses orteils.

Pourna dit : « Les esprits affranchis sont pareils
Au libre vent du nord dans le ciel sans nuage !
Grimpant aux rocs, passant les fleuves à la nage,
Aux peuples très lointains des bords très reculés,
Pour qu'ils soient délivrés et qu'ils soient consolés,
Maître, j'apporterai ton dogme secourable.

— Si ces peuples, répond le Bouddha vénérable,

3.

T'outragent, ô disciple aimé, que diras-tu ?

— Ces peuples sont doués, dirai-je, de vertu,
Car ils n'ont point jeté de sable à mes paupières,
Et, doux, ne m'ont frappé ni des mains, ni de pierres.

— Mais s'ils t'osent frapper de pierres ou des mains ?

— Ces peuples sont très bons, dirai-je, et très humains,
Car leurs mains à lancer des pierres occupées
N'ont point levé sur moi de bâtons ni d'épées.

— Mais si leur fer t'atteint ?

                        — Je dirai : Qu'ils sont doux
De frapper sans me faire expirer sous les coups !

— Mais si tu meurs ?

                        —Heureux ceux qui cessent de vivre !

— C'est bien, dit le Bouddha. Va, console, et délivre. »

PENTHÉSILÉE

REINE DES AMAZONES

La reine au cœur viril a quitté les cieux froids
De la Scythie.

    Avec ses sœurs vierges comme elle,
Elle gagne la plaine où la bataille mêle
Les courages sanglants et les blêmes effrois.
Qu'une autre en son logis file les lentes laines !
Elle, un désir la mord, indocile aux retards,
De vaincre le plus fort, le plus beau des Hellènes,

Achille! Et son cheval bondit, les crins épars,

> Et l'emporte vers la mêlée,
> Et le cri de Penthésilée

S'ajoute au bruit montant des armes et des chars!

« Achille! Achille! Achille! ô héros! voici l'heure
Où ton sang coulera comme un ruisseau vermeil!
Tout plein d'un songe horrible, et fuyant le sommeil,
Ton père aux cheveux gris hurle dans sa demeure!

Tu fus comme un lion dans une bergerie;
Tu fus comme un vent noir dans un bois de roseaux;
Que de rois, ô guerrier! mangés par les oiseaux
Sur un sol qui n'est pas celui de la patrie!

Les festins te plaisaient après les chocs d'épées;
Tu domptais, jeune dieu! les cœurs de vierge aussi
Quand sur tes bras charmants, noirs d'un sang épaissi,
Roulaient les boucles d'or de ton casque échappées!

Mais frémis à ton tour! Le glaive enfin se dresse
Qui percera ton sein comme un sein d'enfant nu;
Car l'amazone vient qui n'a jamais connu
      La peur ni la tendresse! »

Telle, en sa course, hélas! qui n'eut point de retour,
Par-dessus les fracas criait la vierge fière!
Elle ne savait pas qu'avant la fin du jour,
Mourante, elle mordait la sanglante poussière,
En jetant au vainqueur beau comme une guerrière
Un regard moins chargé de haine que d'amour!

PARVULUS

Le Seigneur enseignait le peuple au bord des mers.
Sa voix douce apaisait les ouragans amers
Et sa parole ôtait l'amertume des âmes.
Versant la joie aux bons et l'espoir aux infâmes,
« Quiconque d'un cœur vrai, disait-il, m'aimera,
Dans la gloire verra mon Père, et me verra. »
Et le peuple écoutait dans une humble attitude.

Mêlée au dernier rang de cette multitude,
Une femme tenait son enfant par la main.
Ils s'étaient, pour entendre, arrêtés en chemin,

Elle vieille déjà, glaneuse qui défaille
Sous une gerbe hélas! non de blé, mais de paille,
Mère au sein soulevé par des soupirs profonds;
Lui, très petit, blond, rose, et vêtu de chiffons,
Et souriant à tout dans sa misère en fête.
Or, l'enfant dit : « Là-bas, qui donc parle?

—Un prophète,
Mon fils, un homme saint qui prêche un saint devoir.

— Un prophète, ma mère? oh! je voudrais le voir. »
Et voilà qu'il se glisse et se soulève et pousse
Afin de voir le Maître à la parole douce;
Mais la foule est profonde et ne s'écarte pas.

« Mère, si vous vouliez me prendre dans vos bras,
Je le verrais.

— Je suis trop lasse, » dit la mère.
Alors l'enfant fut pris d'une tristesse amère,
Et des pleurs se formaient dans son œil obscurci.

Jésus fendit la foule et lui dit : « Me voici. »

LA FEMME ADULTÈRE

Un vieillard est assis dans l'ombre sur un banc.
Autour de lui la salle est immense et déserte.
On pourrait voir au loin par la fenêtre ouverte
Jérusalem rougir sous le soleil tombant.

L'œil clos, les bras croisés, et sans qu'un poil ne bouge
De sa barbe touffue ou de ses blancs sourcils,
Cet homme a l'air d'un mort qui se tiendrait assis,
Tant sa forme est rigide en sa tunique rouge.

Mais sous la dureté livide de la chair
Se débat en hurlant l'angoisse intérieure
Comme un chacal captif qui miaule et qui pleure
Bondit sans l'ébranler dans sa cage de fer.

Il voit en son esprit, Dieu voulant qu'il le voie,
Hommes, femmes, enfants que l'on tient par la main,
Tout un peuple courir sur le même chemin
Avec des cris de haine et des clameurs de joie.

Devant la multitude une femme s'enfuit,
Frissonnante, éperdue et courbant vers la terre
Le front déshonoré de la femme adultère
Que lapident déjà la menace et le bruit.

Elle fuit, demi-nue, et sa pudeur tardive
Sous des lambeaux pressés de ses voiles épars
Voudrait cacher aux yeux braqués de toutes parts
La beauté déplorable où leur fureur s'avive

Parfois elle s'arrête et tombe à deux genoux,
Tendant les mains, criant, plus morte que vivante,
Les suprêmes appels que la détresse invente ;
Mais le peuple hideux amasse des cailloux.

Le vieillard voit cela sans lever la paupière.
Son chef n'a point tremblé. Son sein ne s'enfle pas.
Seulement, de sa manche il tire un maigre bras,
Comme pour ramasser et lancer une pierre.

Alors la porte s'ouvre, et, debout sur le seuil,
Ayant le flamboiement du couchant derrière elle,
Une femme apparaît, blanche et surnaturelle,
Le sourire à la lèvre et l'extase dans l'œil !

Le vieillard, en sursaut, se dresse vers la porte !
Il regarde et s'étonne, il touche et ne croit pas ;
Puis, les deux bras au ciel, et reculant d'un pas :
« Dieu de Jacob ! dit-il, que nous veut cette morte ?

— Morte? non. Prêtez-moi l'oreille, ouvrez les yeux.
J'étais morte en naissant, mais ce jour me délivre,
Et mille nouveaux-nés ont moins d'heures à vivre
Que je ne compterai de siècles dans les cieux !

— Tu vis ! qui l'a permis? par quels juges absoute,
Offenses-tu mon seuil de ton pied criminel?
O Seigneur! n'est-il plus de lois dans Israël?
O peuple! n'est-il plus de pierres sur la route?

— Un nouveau laboureur ensemence les champs.
Le Fils pardonne à ceux que le Père châtie,
Et pour que son Église, un jour, en soit bâtie,
Les cailloux du chemin ne seront plus méchants.

Il a dit : « Qu'il lui jette une première pierre,
« Celui-là d'entre vous qui vécut sans péché! »
Un scribe qui tenait un pavé l'a lâché;
Et sur les pieds du Christ j'ai béni la poussière.

— Le Christ, dis-tu? Quel est ce prophète subtil
Qui du péché de l'un fait à l'autre un refuge?
C'est la Loi qui condamne, et, parce que le juge
N'était pas innocent, le coupable l'est-il?

— Aux yeux du Rédempteur ineffable qui donne
A notre antique nuit l'aube d'un nouveau jour,
Et qui, haï de tous, offre à tous son amour,
Le pardon est meilleur que l'équité n'est bonne.

— Moi seul, à qui justice était due en effet,
J'aurais pu pardonner. Mais lui, d'où vient qu'il l'ose?
De quel droit se fait-il arbitre dans ma cause,
Puisqu'il n'a pas souffert du mal que tu m'as fait?

Est-ce lui qui t'aima, jeune et belle, de sorte
Qu'ayant livré la charge en or de trois chameaux,
Il posséda l'épouse avec qui plus de maux
Qu'il n'avait de deniers entrèrent par sa porte?

A-t-il, pendant quatre ans, savouré le poison
De ta voix qui mentait, et béni le mensonge?
A-t-il, quand vint le jour où le soupçon nous ronge,
Comme on traque un renard, guetté la trahison?

Non, c'est moi qui, jaloux, furtif, l'œil aux serrures,
T'ai vue enfin livrer aux plaisirs d'un amant
Et ta ceinture d'or, et ton beau vêtement,
Et ton flanc découvert, plus beau que les parures.

C'est à moi que, féconde en des bras dissolus,
Cependant que, vieillard étonné d'être père,
Je m'enorgueillissais de notre lit prospère,
Tu donnas des enfants que je n'embrasse plus!

Ah! quand tous mes agneaux bêlent dans mon étable,
Quand il ne manque pas à ma vigne un raisin,
Au larron qui pilla les trésors du voisin
Je puis facilement me montrer charitable!

4.

Mais ils sont moins cléments, ceux à qui l'on fit tort;
Le voleur subira la prison et l'amende.
Donc, plus dépouillé qu'eux, j'approuve et je demande
Que, pesant le dommage, on m'accorde ta mort.

On me doit, au milieu des femmes indignées,
Sous les pavés tombant drus comme des grêlons,
Ta belle chair qui saigne et tes beaux cheveux longs,
Aux mains de tes bourreaux, dispersés par poignées!

Et ton nom exécrable au souvenir humain,
Et tes os sans sépulcre, aux chairs évanouies,
Écrasés par la roue et blanchis par les pluies,
Devenus des jouets aux enfants du chemin!

— Hélas! pardonnez-la, comme il l'a pardonnée,
L'injure que j'ai faite autant à lui qu'à vous!
Puisqu'il vous a montré l'exemple d'être doux,
Laissez au repentir ma jeune destinée.

— Le péché qu'une femme a commis contre lui,
Il peut le pardonner, si telle est sa pensée.
Mais puisqu'enfin sa loi n'est pas seule offensée,
Qu'il laisse agir en paix la justice d'autrui ! »

A ces mots, assemblant sa force rajeunie,
Vers l'épouse qui fuit blême en ses voiles blancs
Il marche, et ses vieux bras qui ne sont point tremblants
Emportent d'un effort l'adultère impunie.

La fenêtre est ouverte et le gouffre apparaît.
« Les pierres de la route en des mains infidèles
N'osèrent pas aller jusqu'à toi, va vers elles !
Dit le vieillard, et meurs selon l'antique arrêt. »

Le vide ayant reçu le corps de l'adultère,
Il revient sur ses pas sans paraître attristé,
Et, s'asseyant dans l'ombre avec tranquillité :
« Qu'Il soit clément au ciel ! je fus juste sur terre. »

LA DERNIÈRE ABEILLE

Vents, pluie, éclairs, faisaient rage de telle sorte
Qu'on n'avait jamais vu de tempête aussi forte.
Sous l'épaisseur des bois par la bise ployés,
Dans les nids, les petits oiseaux mouraient noyés,
Et l'ouragan broyait toutes les créatures
Qui n'ont point pour abri de solides toitures :
L'abeille dans la fleur brisée, et le grillon
Transi sous le léger brin d'herbe du sillon.

Or, Maria, qu'on nomme autrement Myrième,

Vit, ce soir, un point d'or frôler la vitre blême,

Et c'était une abeille, hélas! près de mourir,

Qui heurtait, espérant que l'on viendrait ouvrir.

La Mère du Sauveur entr'ouvrit la fenêtre.

Elle prit dans ses doigts le pauvre petit être,

Reconnut que c'était la reine d'un essaim,

L'essuya d'un baiser et le mit dans son sein

Pour qu'elle y réchauffât ses deux ailes vermeilles.

Sans cela, les étés n'auraient plus eu d'abeilles.

LE LION

Comme elle était chrétienne et n'avait pas voulu,
Pour de vains dieux d'argile ou de bois vermoulu,
Allumer de l'encens ni célébrer des fêtes,
Le préteur ordonna de la livrer aux bêtes ;
Et comme elle était jeune et vierge, et rougissait
Quand l'œil du juge impur sur elle se fixait,
Une clause formelle en l'édit contenue
Précisa qu'au supplice on la livrerait nue.

Nue, et le sein voilé de ses chastes cheveux,
Elle entra dans le cirque.

En quatre bonds nerveux
Un lion famélique et rugissant de joie
Jaillit de la carcère et vint flairer la'proie.
Le peuple regardait, étrangement jaloux,
Palpiter ce corps blanc près de ce mufle roux,
Et montrait, allumé d'une affreuse luxure,
Des rictus de baiser, peut-être de morsure.
Elle, chaste, tirait ses cheveux sur son sein.

Cependant le lion, instinctif assassin,
Entre-bâillait déjà sa gueule carnassière.

« Lion ! » dit la chrétienne.

Alors, dans la poussière,
On le vit se coucher, doux et silencieux ;
Et, comme elle était nue, il ferma les deux yeux.

UN MIRACLE DE NOTRE-DAME

La cellule est triste et la nonne aussi.
O nonne mignonne, est-ce un grand souci
Qui vous fait veiller et, par la cellule,
Rôder en tremblant, brune libellule?
Minuit sonne : il faut détacher enfin
La guimpe rigide et le voile fin;
Du sombre cocon de laine et de serge,
Papillon de soie, un corps frêle émerge,
Et, morte au cœur vif, qui s'ensevelit,
Elle glisse au froid linceul de son lit.

Mais, pieuse, avant de souffler sa lampe,
Son regard admire au mur une estampe
Où l'on voit la Vierge et l'enfant Jésus,
Le serpent dessous, le nimbe dessus.

« O pleine de grâce! ô Vierge des vierges!
Mon âme à jamais sera l'un des cierges
Allumés devant votre pâle autel!
Aucun souffle issu du monde mortel
N'inclinera l'âme au ciel dirigée,
Hors de la paisible et blême rangée.
Loin du cloître obscur, disent les échos,
Dans la plaine et dans les bois musicaux
Il est des rayons, des ailes, des roses;
Mais nous réprouvons la beauté des choses,
Car le Diable en fait, à l'occasion,
Un commencement de perdition.
Au couvent parfois les pensionnaires
Tiennent des propos extraordinaires :
Bals et fiancés sont leur entretien;
Le Malin les trompe, et nous savons bien,
Nous qui vous gardons des âmes sans taches,
Que les démons seuls portent des moustaches.

5

Adorer sans fin votre Sacré Cœur;

Dans le demi-jour étoilé du chœur,

Hors de l'encensoir, corbeille enflammée,

Voir s'épanouir des fleurs de fumée;

Jeûner; apporter le lys virginal

De son rêve au noir confessionnal;

Subir, s'il le faut, le rouge cilice;

Bénir l'amertume, aimer le calice,

Et de tout son être, heureux paria,

Ne faire qu'un long Ave Maria

Jusqu'à la clarté de la dernière heure :

Telle est notre part, et c'est la meilleure !

Pourtant un désir, éclos d'un regret,

M'occupe l'esprit plus qu'il ne faudrait,

Et j'en sens toujours la fine piqûre.

Quand s'ouvrit pour moi la demeure obscure,

Jeune et m'effrayant de l'antique seuil,

J'eus pour le bas monde un dernier coup d'œil.

Le joli printemps venait de renaître :

Dans le cadre en fleur d'une humble fenêtre

Une mère, avec un air triomphant,

Baisait les cheveux d'un petit enfant.

Cette vision, hélas ! m'est restée:

Chevelure pâle et presque argentée,

Doux yeux où l'on voit sourdre et s'aviver

Un clair tremblement d'âme à son lever,

Bouche étroite au sein qui de lait l'arrose

S'ouvrant comme un cœur de petite rose,

Vous faites ma joie et ma peine un peu.

L'ange dans l'enfant descend du ciel bleu.

Il est chérubin, mais il est poupée.

D'une mouche noire au vol attrapée

Ou d'un hanneton savamment lié

Guérir son chagrin bientôt oublié,

Le fuir, le saisir, feindre qu'on l'évite,

Oh ! les jolis jeux qu'on apprendrait vite !

Oiselet sans plume, aux ailerons blancs,

Il bat l'air avec des gestes tremblants

Dès que monte aux cieux l'aurore vermeille ;

Aurore comme elle, il veut qu'on s'éveille,

Riant, et pleurant si l'on ne rit pas.

Il fait sur le lit mille petits pas ;

On le gronde ! Il va se blesser, s'il tombe ;

Vois donc, tu n'as point d'ailes, ma colombe !

Mais lui, tout fâché qu'on l'ait retenu,

Il vous clôt la bouche avec son pied nu.

Vierge qui m'entends, telle est ma chimère ;
Je souffre et languis et je trouve amère
La douceur d'aimer votre nom divin,
A cause d'un rêve aussi doux que vain !
Certes, le désir dont je suis marrie
N'est qu'un léger mal, ô vierge Marie,
Au prix des longs deuils et des longs ennuis
Qui furent vos jours et furent vos nuits ;
Mais pour compenser le malheur sans trêves
Qui fit, vous perçant le cœur de Sept Glaives,
Une rose rouge hélas ! de ce lys,
Dame des Douleurs, vous aviez un fils ! »

Elle dit. Son œil s'éteint, et sa lampe.

Un miracle alors descend de l'estampe.
Qnels rêves plus beaux a-t-on jamais eus ?
Noël ! c'est la Vierge et l'enfant Jésus.
Des rayons autour sont comme une averse,
Et dans la splendeur que son pas traverse
Elle traîne un bruit royal de satin !
Sa robe, couleur d'astre et de matin,

Ébloui, de tant de perles brodée
Que l'on ne peut pas s'en faire une idée;
Et le manteau, certe, est plus riche encor!
L'enfant Jésus porte une blouse d'or :
Sans elle, il aurait aussi bonne mine.
Ses mignons souliers furent dans l'hermine
Taillés par Crépin, cordonnier du Ciel;
Et d'un seul rubis ayant goût de miel,
Le hochet heureux que pressent ses lèvres
Fut fait par Éloi, patron des orfèvres.

Marie est assise au bord du chevet.

« J'accorde souvent plus qu'il ne rêvait
A qui m'invoqua d'une âme sincère.
Mais en vain mon cœur maternel se serre,
Vierge sans enfant, de pitié pour vous :
N'aura point de fils qui n'a point d'époux.
Pourtant il faut bien qu'on vous réconforte :
Voici mon Jésus que je vous apporte;
Chaque nuit, jusqu'au lever du jour bleu,
Vous aurez pour fils votre petit Dieu,

5.

Et vous gronderez celui que l'on prie...
Baise-la, mignon, pour qu'elle soürie,
Et jouez tous deux, je regarderai. »

Et depuis, Jésus, en habit doré,
Sans faute descend, dès que minuit sonne,
Jouer sur le lit de l'heureuse nonne.

SALËUN OU LE PETIT ERMITE

CONTE BRETON

Quand il avait grand'faim, ayant longtemps mangé
De l'herbe comme un faon, des mûres comme un geai,
Le petit Salëun s'en allait à l'aumône.
A Dol, à Saint-Briac, dès qu'on sortait du prône,
Lui, comme un passereau qui quête un grain de mil,
« Maria ! Maria ! Maria ! » disait-il ;

Rien de plus, mais d'un air si plaintif et si tendre
Que tous avaient chagrin et plaisir à l'entendre.
Ou, s'il voyait quelqu'un devant l'âtre attablé,
Il disait en montrant le pain d'orge et de blé,
Mais tout bas, car le bruit peut fâcher quand on mange :
« J'y mordrais bien aussi, si j'en avais! » Pauvre ange!
Or, de Dol à Kergloff, il n'est que bons chrétiens ;
Nul ne criait : « Va-t'en! » Plus d'un répondait : « Tiens,
Prends! » Et, le soir, tout seul, dans la lande lointaine,
Il mangeait sous un arbre, au bord de sa fontaine.

Quand il avait grand froid, — les hivers sont plus durs
Si c'est les quatre vents qui sont les quatre murs, —
Le petit Saleün se hissait dans son arbre.
Il neigeait, il gelait à fendre pierre et marbre,
Et l'enfant, comme après la tonte une brebis,
N'avait que sa peau rose, hélas! pour tous habits.
Mais il se cramponnait des doigts aux branches grêles,
Allait, venait, montait, planait, avait des ailes,
En chantant : « Maria! Maria! » sous les cieux.
Le charreton qui passe avec un bruit d'essieux

S'imaginait, n'osant regarder en arrière,

Qu'un bel oiseau faisait dans l'arbre sa prière.

A présent qu'on l'a mis en la châsse d'or fin,

Le petit Salëun n'a plus ni froid ni faim.

Seulement, sous son arbre, au bord de sa fontaine,

Un beau lys a poussé dans la lande lointaine,

Un lys si beau que nul n'en vit jamais de tel;

L'été, l'hiver, n'importe, il fleurit, immortel,

Plein d'un parfum plus doux qu'un encens de chapelle;

Et si, passant par là, le soir, quelqu'un appelle :

« Salëun! Salëun! » le frêle lys mouvant

Murmure : « Maria! Maria! » dans le vent...

LE PRÉDESTINÉ

Cette nuit-là, le vent, par tonnantes saccades,
D'un bout à l'autre bout de l'horizon roulait,
Et les nuages bas s'effondraient en cascades.

Nuit lugubre. Parfois un éclair violet,
Bref comme un coup de fouet, cinglait les vastes ombres :
Alors le long Volga, fugace, étincelait.

Car c'était dans les bois et dans les steppes sombres
Où Blèda, subjuguant les antiques Germains,
De leurs libres hameaux avait fait des décombres.

Lents, courbés, et sous leurs manteaux croisant leurs mains,
Deux prêtres, blancs vieillards appuyés l'un à l'autre,
Traversaient, cette nuit, le désert sans chemins.

Ils pensaient : « Cette voie, étant dure, est la nôtre. »
Celui qu'on nommait Jean comptait le plus de jours;
Le plus jeune avait nom Pierre, comme l'apôtre.

Ils apportaient le Verbe à ces barbares sourds,
Les Huns, fils des Mogols, lesquels eurent pour pères
Les Tatars accouplés aux femelles des ours.

Constantinople, en proie aux bassesses prospères,
Avait exilé Jean, et Pierre était venu
De Rome, où l'hérésie a ses plus sûrs repaires.

Dans l'ombre sans étoile et dans le désert nu
L'orage les ayant assaillis loin des tentes,
Ils se hâtaient sans peur vers un but inconnu.

Disputant aux vents froids leurs robes palpitantes,
Comme on fait devant l'âtre ils parlaient en marchant
De leurs soucis, de leurs regrets, de leurs attentes.

Pierre disait : « Mon Dieu! Sur ce double penchant,
« Luxure et Cruauté, Rome branle et s'écroule;
« Qui n'est pas débauché, dans ce siècle, est méchant.

« Une infâme descente emporte prince et foule;
« Et vers l'Enfer qui s'ouvre en bas visiblement
« L'universel salut est la pierre qui roule. »

Jean disait : « Qu'elle tombe et soit un lac fumant,
« La ville, ô Constantin, qui maintenant caduque
« Pour charpente eut ta force et ta foi pour ciment!

« Le front sous ta couronne et le pied sur ta nuque,
« Des nains règnent : l'enfant Théodose et sa sœur,
« Et Chrysaphe; le seul qui soit homme est eunuque!

« Cependant, protégé par leur lâche douceur,

« Nestorius insuffle aux âmes sa démence,

« Du Diable ou de soi-même infâme confesseur!

« Donc il est temps. Suspends, ô Dieu bon, ta clémence!

« L'impiété, le vice et le crime étant mûrs,

« Il faut que la moisson formidable commence.

« Suscite un moissonneur aux bras rudes et sûrs

« Qui fauche sans pitié ni relâche, et remplisse

« Les granges de l'enfer jusqu'à rompre les murs!

« Dût le vengeur, atroce et se faisant complice

« Du mal universel châtié par le mal,

« De ceux qu'il punira mériter le supplice! »

Jean se tut. Pierre dit : « Amen! » D'un pas égal
Les deux vieillards marchaient dans l'ombre à l'aventure,
Flagellés par l'averse et par le vent brutal.

6

Une bâtisse ancienne et que le vent torture
Devant les voyageurs se dressa brusquement,
Croulante, et d'un seul mur soutenant sa toiture.

L'orage la heurtait d'un bond si véhément
Que Jean se détourna par prudence, et que Pierre
Dit tout d'abord : « Le mur va choir dans un moment.

« Quiconque, la fatigue ayant clos sa paupière,
« Se coucherait ici sur l'herbe et les gravats,
« S'éveillerait bientôt dans un linceul de pierre.

— Certes ! » repartit Jean. Comme ils pressaient le pas
Avec peine, leurs pieds s'alourdissant de fange,
Une Voix dit ces mots : « Mur ! ne t'écroule pas ! »

La voix qui proférait cette parole étrange
Leur sembla très terrible et très douce à la fois.
Qui donc parlait, sinon le Seigneur ou son ange ?

Tremblants, ils s'étaient mis à genoux, et leurs doigts
Tâtaient sous le manteau les crucifix d'ivoire.
« Mur! ne t'écroule point! » dit encore la Voix.

Démon qui disputait au Seigneur la victoire,
L'âpre ouragan d'éclairs et d'averses s'armait :
Pas un bloc ne tomba de la muraille noire.

Pierre, en la contemplant de la base au sommet,
Tressaillit tout à coup et s'écria : « Regarde! »
Ils virent sur la terre un enfant qui dormait.

Il dormait. Eux, béants, la prunelle hagarde,
Penchés vers l'inconnu qui s'était couché là,
Dirent : « Quel est ton nom, ô dormeur que Dieu garde? »

L'enfant, ouvrant les yeux, répondit : « Attila. »

LE MENDIANT DE SON HONNEUR

Devant Bivar. Le fils et les petits-fils de Diego Laynez parlent entre eux, ignorant encore que le comte Gomez de Gormaz a frappé au visage le chef de leur maison. Un mendiant monte la côte.

BERMUDO

Vois donc, frère, sur le chemin
Ce mendiant qui tend la main.
Qu'il a l'air triste!

HERNAN

Comme sous de très lourds fardeaux
Il courbe la tête et le dos.
Que Dieu l'assiste!

Le mendiant s'approche.

BERMUDO

Vois! il défaille à tous moments.
Ses vieilles mains, ses vêtements
Sont noirs de boue.

HERNAN

Il a honte, le pauvre vieux!
Son manteau lui pend sur les yeux
Et sur la joue.

Le mendiant est devant eux, courbé.

LE MENDIANT

La charité, seigneurs, la charité!

RODRIGUEZ

Que te faut-il? parle, vieil homme.

HERNAN

As-tu faim? As-tu soif?

BERMUDO

Veux-tu faire un bon somme?

HERNAN

Le pain nous rend la force et le vin la gaîté.

6.

BERMUDO

Le sommeil est plein de beaux rêves.

LE MENDIANT

Je n'ai ni soif ni faim. Je dois veiller sans trêves.
La charité, Seigneurs, la charité!

RODRIGUEZ

Que te faut-il? parle, vieil homme.

HERNAN

Un cheval pour la route?

BERMUDO

Ou quelque forte somme?

HERNAN

Un cheval porte vite au gîte souhaité.

BERMUDO

L'argent tente les plus austères.

LE MENDIANT

Je ne voyage point. J'ai de l'or et des terres.
La charité, Seigneurs, la charité!

RODRIGUEZ

Que veux-tu donc, passant étrange?

HERNAN

Ni le pain, ni le vin?

BERMUDO

Ni la nuit dans la grange?

HERNAN

Ni le bel étalon tout de feu moucheté?

BERMUDO

Ni l'or ou l'argent que l'on compte?

Le mendiant jette sa cape et son chapeau. Les jeunes hommes reconnaissent
Diego Laynez.

DIEGO LAYNEZ

L'aumône qu'il me faut, c'est la tête du comte!

La charité, mes fils, la charité!

DON RUY DIAZ

Bardé de fer, botté de cuir et casqué d'or,
Don Ruy Diaz appelé le Cid Campéador,
Étant à Rome, entra pour faire sa prière
Dans l'église du chef des saints apôtres, Pierre.
Sept fauteuils étaient là pour les sept rois chrétiens
Conviés par Urbain, pape, à des entretiens
Touchant les intérèts de l'Église et sa gloire.
Un fauteuil, le plus haut de tous, était d'ivoire,

Et, s'approchant, don Ruy, le bon justicier,
Vit les trois fleurs de lys peintes sur le dossier,
Dont il conçut dans l'âme une amère souffrance.
« Quoi! dit-il, on verrait siéger le roi de France
Sur le trône, tandis que mon roi s'assiérait,
Lui, le fier Castillan, sur un vil tabouret? »
Et le Cid, secouant, car son courroux s'allume,
Tout son habit de fer comme un oiseau sa plume,
Vers le siège éclatant sous les sombres arceaux
Marche, et d'un conp de poing en fait quatre morceaux.
Un duc — ce fut, dit-on, le bon duc de Savoie —
Étant présent, lui dit : « Maudite soit la voie
Où tes pieds ont marché pour te mettre en ce lieu,
Car tu viens d'offenser mon roi, le pape et Dieu. »
Mais Ruy Diaz lui répond d'une telle poussée
Que l'autre roule à terre, une côte cassée,
Et, sans plus demander ni comment ni pourquoi,
Rajuste son habit et, prudent, se tient coi.

Le lendemain, le pape ayant su la nouvelle,
Dit tout haut : « Ce Ruy Diaz est fou par la cervelle, »

Et l'excommunia, s'étant faché très fort.

Mais don Ruy Diaz jugea que le Pape avait tort.

Il l'alla voir. « Salut, Pape. Je te conseille

De m'absoudre. Les gens de la Castille-Vieille,

Pape, sont violents parfois, quoique très doux.

— Je t'absous de bon gré, don Ruy Diaz ! je t'absous. »

LA BONNE INFANTE

Un jour (que Dieu les veuille absoudre du péché!)
Un jeune More avec la reine était couché.
Ils folâtraient, croyant le lieu sûr. Mais l'infante,
Au mur collant son front, les voit par une fente.
Elle entre et dit : « Ma mère! il sied mal, sur ma foi,
Que, mon père vivant, mon père, le bon roi,
Tu t'accouples avec ce juif de Morérie.

— Eh! l'infante, viens çà. N'en dis rien, je te prie,

Et sache, mon doux œil, que je te donnerai
Une cape écarlate au revers bien doré,
Pour qu'à Noël tu sois jolie et triomphante.

— Gardez votre manteau, répond la bonne infante,
Et quant à celui-ci qui te requiert d'amour
Dans le propre lit, mère, où tu m'as mise au jour,
Il se peut bien qu'avant une heure Dieu m'accorde
De le voir, roide et long, pendre au bout d'une corde. »

Là-dessus, les laissant muets et gourds d'effroi,
L'infante alla trouver son père, le bon roi.

« Je venais de m'asseoir devant la nappe blanche,
Quand un More, passant par là, d'un coup de hanche
Jette à terre escabeau, vaisselle et gobelet.
Bon père, châtiez ce païen, s'il vous plaît.

— Infante, je suis roi. Je suis chrétien, ma fille.
Ce More, fils d'un prince, est otage en Castille,
Et le punir d'un mal léger comme le tien,
Certes, ne serait pas le fait d'un roi chrétien.

— Je ne demande rien, bon roi, que d'équitable.
Je suis tombée avec la vaisselle et la table,
Et ce païen maudit (sachez la vérité,
Sire !) a cueilli la fleur de ma virginité.

— L'infâme ! il expira sa lâche effronterie ! »
Voilà comment Tarfé, ce juif de Morérie,
Avec la reine ayant, comme j'ai dit, couché,
Fut pendu. Dieu les veuille absoudre du péché !

L'ÉPÉE

Très fidèle à son roi, plus fidèle à l'honneur,
Don Alonzo Perez de Guzman, gouverneur
De Tarifa, célèbre entre les villes fortes,
Fait sa ronde, exhortant les officiers des portes,
Surveillant les cuviers de bitume et de poix,
Parlant bas aux veilleurs et saluant les croix
Qu'on a peintes de sang païen sur les murailles.
Vieux, mais dur, le cuir brun et balafré d'entailles,
On le cite parmi les plus fiers batailleurs;
A Tolose, à Figuère, à Saragosse, ailleurs,

La mort et lui se sont regardés face à face.

Si nombreux que l'on soit, quoi qu'on veuille ou qu'on fasse,
On ne lui prendra pas la ville qu'il défend.

Un soin le trouble; il a, lui vieillard, un enfant,
Suprême et frêle fleur de son arbre héraldique.
C'est la seule faiblesse où son orgueil abdique.
Il vécut sans amour, à sa tâche adonné,
Mais le jour où naquit son fils, son cœur est né.
Or l'enfant est malade, une âme éclose à peine!
Vers la sierra d'Arcos où la brise est plus saine,
Chétif, maigre à tenir en l'étui d'un poignard,
On l'a porté dans un village montagnard.
De là naît le souci dont le vieillard s'attriste :
Les Mores sont venus, de nuit, à l'improviste;
Peut-être ont-ils, troupeau forcené de démons,
Brûlé huttes et bourgs à travers bois et monts,
Égorgé les enfants sur le sein des nourrices ;
Et des pleurs par instants mouillent ses cicatrices.

Tout à coup, au delà du rempart, dans le camp,
Un héraut vêtu d'or et l'air très arrogant
Fait ce Cry que don Juan de Castille, son maître,
(Les païens ont pour chef ce chrétien fourbe et traître)
Veut parler à Perez de Guzman, gouverneur.
Celui-ci monte au mur. « Que me veux-tu, Seigneur?
— Regarde! » dit don Juan. On voit luire une lame
Dans sa main droite, et dans ses bras, comme une femme.
Il élève un enfant qui se tord demi-nu
Et pleure.

      Cet enfant, Guzman l'a reconnu.

« Çà, dit l'autre, choisis. Livre ta ville, ou tremble,
Car je frappe ton fils sous tes yeux. Que t'en semble
Et qu'en dis-tu ? »

          Guzman répond : « Je dis, damné,
Que même pour percer le cœur d'un nouveau-né
Ta lame ne fut pas, lâche, assez bien trempée. »
Et du haut du rempart il lui jette une épée.

LA FILLE DU DOMN

Les Mogols sont entrés dans les marches dalmates.

L'air roule une vapeur opaque d'aromates

A cause des forèts dont on a vu, trois jours,

Les arbres résineux fumer sous les cieux lourds;

Et la plaine est en feu, vignes, blés et sésames,

Car les diables mogols aiment les grandes flammes.

Entre l'aïeul assis dans les cendres du toit

Et les petits-enfants mi-nus qui n'ont plus froid

7.

Malgré le temps prochain des rafales d'automne,
Le vaincu voit d'un œil où la douleur s'étonne
L'incendie allumé par des torches de pin
Lui vendanger sa vigne et lui cuire son pain.

Aux cavaliers de l'Est, mangeurs de viandes crues,
Qui vinrent comme roule un fleuve au temps des crues,
Éliache, le Domn des Dalmates n'a pu
Résister, mur branlant par d'anciens chocs rompu.
Maintenant le vieux chef tremble dans sa demeure,
Non pour lui (que peut-il craindre, pourvu qu'il meure?)
Mais pour sa fille, enfant pareille aux fleurs de lin.
« Elle était le débile appui de mon déclin,
Et son trépas fidèle, hélas! suivra ma perte! »
Tel ce chêne tombé songe à sa branche verte.

Or un guerrier mogol, soudain, sans compagnon,
Paraît devant le Domn et dit : « Sais-tu mon nom?
Je suis le Khan, seigneur de plus de têtes franches
Que ton champ n'eut d'épis et ta forêt de branches.
Fermes dans le vallon, maisons dans la cité,
Tes richesses étaient grandes, en vérité!

Mes guerriers ont pillé la maison et la ferme.

Tes sept fils étaient beaux, d'un cœur fort, d'un bras ferme,

J'avais sept chiens : ce fut un corps pour chaque chien.

Mais, moi, qu'ai-je gagné dans la bataille? rien.

Donc il est fort heureux que ta fille soit belle.

Fais-la venir.

   — Jamais!

      — Je suis le maître : appelle

Ta fille.

   — Elle est si jeune!

      — Obéis.

       — Dix-sept ans! »

Et le Domn se prosterne, et supplie, et longtemps

Pleure sur les genoux que son bras faible entoure.

Parfois, comme cherchant quelqu'un qui le secoure,

Il jette des regards furtifs autour de lui;

Mais les braves sont morts et les lâches ont fui.

« Ta fille! crie encor le Khan mogol, appelle

Ta fille, ou mes dix doigts à ton gosier rebelle

Arracheront un cri qui la fasse accourir! »

Pendant qu'il parle, on voit une porte s'ouvrir.

Le seuil s'éclaire. Ayant derrière lui l'espace,
Les bois, les monts, le ciel où l'oiseau libre passe,
Et lumineux comme un divin justicier,
Quelqu'un est là, debout, dans un habit d'acier,
Appuyant les deux poings sur le bois d'une hache.

« Je suis le champion de ta fille, Éliache !

— Qui ? toi ? » dit le Mogol, et vers cet inconnu
Il bondit, en grinçant des dents, le glaive nu.
Alors l'air retentit du fracas des armures.
Le tonnerre des coups se prolonge en murmures.
Puis les rivaux froissant entre eux l'acier bombé
S'enlacent. Un cri part. L'un des deux est tombé.
Le Khan lui met le pied sur le ventre, le glaive
Dans la gorge, et, d'un coup de gantelet, soulève
La visière.

　　　　　O stupeur : une femme, une enfant !
Son sang (le tien, vieux Domn !) bouillonne en l'étouffant,
Et dans ses yeux éteints, seule, une larme brille.

« Père, dit-elle, adieu. J'ai sauvé votre fille. »

LE LANDGRAVE DE FER

A PHILIPPE REICHEL

Ludwig, qu'on appelait le Landgrave de fer,
Ayant chassé les loups sous la bise d'hiver,
Errait, le soir tombant, dans une étroite gorge.
Il vit luire à cent pas la vitre d'une forge,
Courut, poussa la porte, et dit au forgeron :
« Mon cheval éventré d'un seul coup d'éperon
Se débat, tout sanglant, dans la bruyère rouge ;
Je suis las ; loge-moi cette nuit dans ton bouge. »
L'autre dit : « Si tu veux mal dormir, dans ce coin
Tu trouveras un lit fait de paille et de foin.

Cependant, étranger, parle et fais-toi connaître. »

Le Landgrave hésita.

           « J'ai nom Albrecht. Mon maître,
Ludwig, que vous nommez le Landgrave de fer,
Gouverne la Thuringe et la Saxe.

                  — Et l'Enfer !
S'écrie le manœuvre avec un air farouche.
Qui proféra ce nom doit s'essuyer la bouche ;
Et j'aurais préféré, certes, n'avoir pas su
De quel maître est valet l'homme que j'ai reçu.
N'importe ! Quel qu'il soit, d'où qu'il vienne, où qu'il aille.
Honneur à l'hôte ! Étends ton manteau sur la paille. »

Le Landgrave Ludwig, couché, ne dormit pas,
Non qu'à sa tête lourde et qu'à ses membres las
Le repos ne fut doux que sur un lit de plume,
Mais à cause du bruit du marteau sur l'enclume.
Dans le rougeâtre soir où la flamme, d'un jet
Brusque, brille et s'éteint, le forgeron forgeait,
En scandant son labeur de paroles étranges.

« O Landgrave, seigneur des forêts, qui te venges,

Par un homme pendu, d'un cerf pris dans ton bois;

Seigneur de la cité, qui voles les bourgeois;

Seigneur des champs féconds, de qui les mains avides

Font que le manant pleure auprès des granges vides;

Toi qui, le soir, sortant de ton nid de vautour,

T'embusques, pour piller les marchands, au détour

Des chemins, et t'en vas sans laver tes mains rouges;

Prince que l'on redoute, au point que, quand tu bouges,

Tout s'ébranle de peur autour de tes desseins;

Tortureur des vivants, blasphémateur des saints;

Oh ! ton âme de fer, Landgrave, que n'est-elle

Le fer docile et chaud que mon marteau martèle ! »

Ainsi, sans plus songer qu'un autre homme était là,

L'étrange forgeron, forgeant toujours, parla

Jusqu'à l'heure où, luisant sous l'aube reparue,

Le fer qu'il martelait fut un soc de charrue.

Le Landgrave rentra dans son château, pensif.

« Le père sous un chêne et l'enfant sous un if

Attendent, Monseigneur, qu'on avise à les pendre.

— Ils ont leur grâce, vas! et, de plus, fais-leur rendre

Le sanglier qu'ils ont tué dans ma forêt.

— Les bourgeois d'Eisenach affirment qu'il serait
Dur d'exiger déjà, la misère étant grande,
Le paîment de l'impôt sur le vin.

                                        — Qu'on attende.

— Les marchands que l'on fit captifs ces jours derniers
Offrent d'or cent écus et d'argent cent derniers
Pour leur rançon.

              — Qu'ils soient libres ! et que chaque homme
Emporte en s'en allant quatre fois cette somme. »

Ainsi parlait le maître aux vassaux étonnés
De cette humeur nouvelle et des ordres donnés.
Puis, quand la nuit monta sur la tourelle noire,
Il se glissa, tremblant et seul, dans l'oratoire,
Et demeura longtemps en des rêves plongé.

Le Landgrave de fer avait été forgé.

LES DEUX ÉVÊQUES

A Léon Cladel

Les fidèles priaient, prosternés sur les dalles :
Manants, reîtres, bourgeois venus de la cité,
Et seigneurs descendus des aires féodales.

Près d'eux, sur un drap noir de larmes argenté,
Un cadavre portant la mitre pastorale
Semblait, rigide et blême, un évêque sculpté.

Un prêtre vint, monta les marches en spirale
De la chaire, s'assit, ayant toussé d'abord,
Et remplit de sa voix la grande cathédrale.

8

« Frères, votre pasteur fut très doux et très fort,
« Très fort contre les loups, très doux pour les ouailles, »
Dit l'évêque vivant louant l'évêque mort.

« Tendre, il dissuadait les hommes des batailles,
« Prêchant aux paysans de subir les impôts,
« Conseillant aux seigneurs de réduire les tailles.

« Il égalait, dans son amour toujours dispos,
« Au noble le vilain, le serviteur au maître;
« Et ce berger chrétien n'avait pas deux troupeaux.

« Il était charitable et se cachait de l'être;
« Il priait pour celui qui l'avait insulté;
« Donner et pardonner, n'est-ce pas tout le prêtre?

« Et maintenant, reçu dans le ciel mérité,
« Assis entre le Père et le Fils, il contemple,
« Prie et célèbre Dieu pendant l'éternité! »

Ainsi parlait l'évêque en rhythmant sa voix ample,
Quand un cri par la foule en délire poussé
Fit trembler les vitraux et les piliers du temple.

Du catafalque noir le mort s'était dressé!
Ses yeux rouverts par un effrayant privilège
Regardèrent le peuple à ses pieds renversé.

Il était morne et blanc comme un spectre de neige,
Et, tendant la longueur de son bras décharné
Vers l'évêque vivant qui tremblait sur son siège,

L'évêque mort cria : « Tu mens! je suis damné. »

LA CHARITÉ

Sans relâche, depuis mille et huit cents années,
Sous tous les ciels, le long des routes étonnées
De ce passant ancien qui revenait toujours,
Ahasvérus marchait, la tête et les pieds lourds.
L'antique lassitude écrasait ce pauvre homme ;
Et, tandis que, sans halte et sans espoir de somme,
Il se traînait comme un blessé qui voudrait fuir.
Cinq sous tintaient dans son escarcelle de cuir.

Un jour, il gravissait une côte, en Norwège.
La barbe dans la bise et les pieds dans la neige,
Il cria vers les cieux, marcheur désespéré :
« Qu'il sera doux, le roc où je m'endormirai,
Dût la neige y glacer la sueur de ma face !
Dieu qui me châtias, n'est-il donc rien qui fasse
Que je puisse m'asseoir, ô Dieu bon, et mourir ? »

En ce moment, non loin du Juif las de souffrir,
Un mendiant passait, blanc vieillard qui chancelle.
Ahasvérus tendit au vieux son escarcelle
Et lui mit son manteau sur l'épaule en marchant.

Cela fait, il s'assit et mourut sur-le-champ.

8.

LE BAPTÊME

A Auguste Vacquerie

Dans Vérone la rousse où les pampres sont d'or
Sous la brûlure d'un éternel messidor,
Où l'attrendrissement épars, que tout reflète,
D'avoir vu Roméo mourir et Juliette,
Donne sur le tombeau guerrier des Scaliger
Une teinte plus rose à la rouille du fer,
Les palais, ce jour-là, de l'Adige aux Arènes,
S'épanouissent mieux dans les chaleurs sereines,
Marmoréennes fleurs du sol italien.

Sous l'arc double qui fut bâti pour Gallien

Quelqu'un, dans un manteau, passait, vieillard robuste.

D'une maison chétive, au balcon de bois fruste,
Une femme (elle avait un enfant dans les bras)
Sortit vers le passant, et lui dit, le front bas :
« Salut, Père !. »

    L'enfant souriait, gras et rose ;
La femme, au corps maigri, défaillait, pâle, à cause
Sans doute de ce fils que, mère au cœur vaillant,
Au bras faible, il fallait nourrir en travaillant.
Mais qu'importaient labeurs, veilles et repas chiches,
Pourvu qu'il mangeât, lui, comme les petits riches,
Et, joufflu comme on peint les chérubins vermeils,
Eût de fins oreillers pour ses légers sommeils !
Il riait ; elle était demi-morte, et ravie.
La mort est moins pénible à qui donna la vie,
Et, mère, on a le cœur plus fort qu'auparavant.

Elle reprit : « Daignez baptiser mon enfant. »

Le vieillard s'arrêta, puis, d'un ton de surprise :
« J'ai donc sous ce manteau l'air d'un homme d'Église,
Ou n'est-il point de prêtre au pays véronais ?

— Baptisez mon enfant, Père! je vous connais. »
Et, grave, elle tendait le fils de sa misère.

Alors l'homme comprit cette femme sincère
Et leva son visage auguste, aux longs cheveux!
Le front disait : J'espère, et la lèvre : Je veux;
L'œil que, certe, alluma d'amour ou de colère
Le bien que l'on proscrit ou le mal qu'on tolère,
Doux pourtant, recelait dans son azur serein
Des visions : fumée à l'horizon marin
De vaisseaux éventrés qu'incendia la bombe,
Marches, assauts, combats où la plaine se bombe
De cadavres hautains qui rirent en tombant;
Et tandis que, d'un bras qui tremble, sur son banc,
Un moine mendiait l'aumône accoutumée,
Lui, d'un geste qui semble évoquer une armée,
Il étendit ses mains puissantes, et parla.

« Je consacre au devoir l'homme enfant que voilà !

Par l'amour d'être libre et l'horreur de l'entrave,

Au nom de l'ignorant, du pauvre, et de l'esclave,

De quiconque, courbé, se lamente d'effroi

Sous la fourbe du prêtre et la force du roi,

Moi, le vieux champion des nations que couvre

D'ombre le Vatican et de faux-jour le Louvre,

Je t'impose ces mains qui portèrent trente ans

Aux heureux le défi des peuples sanglotants,

Et, pour le fier salut des hommes, je te voue

Aux labeurs, aux combats, aux soufflets sur la joue,

Aux mépris, à l'exil, jeune âme ! à l'échafaud.

Apôtre s'il suffit, mais soldat s'il le faut,

Partout où retentit le cri d'une torture,

Va ! sois l'aventurier de la grande aventure

Qu'enfin terminera le glaive justicier !

Que notre aube s'allume aux éclairs de l'acier,

Et qu'il te soit donné d'en voir les lueurs sûres,

Fils baptisé du sang de mes vieilles blessures ! »

Ayant dit, il poussa plus loin ses pas errants.

Or, sous l'arc autrefois bâti pour les tyrans,

Le moine, gras et lourd, et traînant la sandale,
S'était dressé.

        « Maudit qui causa le scandale !
Il est la fourche même attisant le grand feu.
Quoi donc? cet homme est-il Jésus-Christ, Fils de Dieu? »

Mais la mère, en baisant son fils sous la dentelle :
« Non, c'est Garibaldi, fils du peuple, » dit-elle.

LA MÈRE

Quand le Seigneur forma l'homme, le Seigneur Dieu
Ne prit pas le limon terrestre en un seul lieu ;
Mais il prit de la terre aux quatre coins du monde :
Au sud où l'air brûlant sèche la lande blonde,
A l'est vert de feuillée, au nord blanc de frimas,
A l'ouest où ce briseur de chênes et de mâts,
L'ouragan, tord la pluie et la nuée en trombe ;
Afin qu'en nul pays, la terre de la tombe,
A l'homme qui s'incline et meurt, voyageur las,
Ne dît : « Qui donc es-tu ? je ne te connais pas ; »

Mais pour qu'en tout pays, la terre maternelle,

A l'homme heureux enfin de reposer en elle

Sa tête qui se courbe et son cœur qui se fend,

Pût dire : « Couche-toi dans mon sein, mon enfant! »

HESPÉRUS

A Leconte de Lisle.

NOTE BIBLIOGRAPHIQUE

Hespérus, poëme swedenborgien, pré-
cédé d'une courte préface qu'il a paru
inutile de reproduire ici, parut pour la
première fois dans le feuilleton d'un
journal quotidien. Il a été publié, en
1872, par la Librairie des Bibliophiles,
— Jouaust, éditeur, — en un volume
tiré à petit nombre, orné d'un dessin de
Gustave Doré, et qui fut rapidement
épuisé; il fait partie de : LES POÉSIES
DE CATULLE MENDÈS (Sandoz et Fischbacher, éditeurs, 1876), — ouvrage
également épuisé; il formait le cinquième des sept volumes intitulés : *les
Poésies de Catulle Mendès*. (Ollendorff, 1885 ; Dentu, 1886.)

I

CRÉPUSCULE

Dans Francfort-sur-le-Mein, la ville électorale,
Près de la Judengasse et de la cathédrale,
A l'angle d'un marché houleux comme une mer,
Derrière un mur penchant qui s'adosse au Rœmer
Et dont le plâtras noir, jadis peint à la fresque,
Montre encore une Vierge en habit de moresque,
Agonisa, trente ans, dans l'imbécillité,
Un pauvre homme vaincu par l'âge ou dévasté
Par quelque vieille angoisse incessamment accrue.
Les ans lourds l'avaient fait tout petit. De la rue

On criait : « Tiens, un nain! » Il ne répondait pas,
Et sa droite s'ouvrait en guise de compas
Pour mesurer l'éther immense et les nuées.
Sa puérilité consentait aux huées;
Et l'eût-on voulu battre, il n'aurait pas dit non.
Les uns le croyaient juif. On savait mal son nom.
S'il mangeait, aussitôt du coin de la ruelle
Mille petits cailloux volaient vers son écuelle;
Il mangeait les cailloux sans se plaindre, et le lieu
Fut célèbre parmi les enfants pour ce jeu.
Deux fois le jour, ayant sur l'épaule une cruche,
Il gagnait la fontaine où bourdonne la ruche
Des servantes qui vont bras nus et sans corset;
Mais le cercle folâtre alors s'étrécissait
Autour du pilier qu'orne un Bacchus dérisoire,
Pour empêcher le nain de puiser ou de boire.

C'est là que je le vis pour la première fois.
Une fille, en riant, lui donnait sur les doigts
D'une clé qu'elle avait dans la main. Plus cruelle,
Une autre demandait au vieux s'il voulait d'elle,

Provocante et, du doigt, soulevant son fichu.
Lui, songeait.

        J'observai que cet être, déchu
Plutôt que vil, avait dans les yeux ces ténèbres
Hagardes et qui sont d'ailleurs les plus funèbres,
Où quelque chose encor se souvient d'avoir lui.

Il rentra, mais j'avais marché derrière lui,
Et je vis le dedans hideux de sa logette.

Le mur, qui de cinq pas à gauche se projette
Mais cesse à peine d'être au Rœmer contigu,
Fait de ce gîte un angle à tel excès aigu,
Et, saillant en rondeur comme une échine lasse,
Soutient si mal un toit dont la tuile se casse
Qu'un savetier logé maintenant dans ce coin,
(Car les jours où vécut l'ancien hôte sont loin),
Quand cède à son effort le fil roux qu'il tiraille,
De chaque coude va heurter chaque muraille
Et qu'assis il s'y peut à peine tenir droit.
L'écartement par où l'on rampe en cet endroit,

9.

Porte et fenêtre, veuf de ferrure et de vitre,
Était louche. Au dedans une mousse de nitre
Souillait les murs, et plus d'un plâtras bossué
Pendait, mou, car la pierre antique avait sué ;
De sorte qu'on eût dit d'un corridor de cave.
Sur le sol gras, qui suinte et de débris se pave,
Un matelas plié, loque affreuse, bavait
Son étoupe ; c'était le siège et le chevet ;
Mieux eût valu s'asseoir et dormir sur la dure.
Restes décolorés et devenus ordure,
Cent objets, dans un coin, formaient un tas suspect,
Comblant la sale horreur du lieu par leur aspect,
Chargeant l'air, sous ce toit haut de quelques coudées,
Du fade arome propre aux choses dégradées.
Comme c'était au mois d'octobre, vers le soir,
Le jour, gris au dehors, dans le bouge était noir,
Sombre rideau tiré sur cette ignominie ;
Et rien ne détonnait dans l'obscure harmonie
Qu'un lambeau rouge, au toit suspendu, vêtement,
Loque, n'importe, enflé de brise à tout moment,
Qui, parfois, avait l'air d'une bête écorchée,
Et, sur le mur, étroite, anguleuse, ébréchée,
Une glace, un fragment de glace, au tain gercé,

Tombé d'une fenêtre, en passant ramassé.
Que l'atmosphère humide ombrait d'un pâle voile.
Mais ce miroir avait la forme d'une étoile.

L'homme, en son trou, gisait, et je le voyais mal.
Sa forme n'était pas même d'un animal,
Sinon de quelque chien rampant, de basse espèce.
Il était tombé là comme une chose épaisse,
Inerte; l'on eût dit d'un ramas de haillons.
Mais un jet du couchant le baigna de rayons,
Et je vis émerger du mur sa face terne.
Telle, blême, dans l'eau noire d'une citerne,
La lune; tel le front d'un cadavre embaumé.
Et cette face était comme un livre fermé.
Vivait-elle? Ses os saillaient, tendant les rides;
Quelques poils gris épars sur ses tempes arides
Semblaient tels qu'il en pousse aux morts dans le tombeau.
Pourtant, vers le miroir, où le rouge lambeau
Frôlait de son image en tremblant apparue
L'évanouissement léger dans une rue
D'un passant qui fuyait comme une brume fond,
Elle tournait des yeux lourds d'un songe profond.

Ces yeux dont émanait, presque éteinte, une flamme,
Étaient les soupiraux uniques par où l'âme
Du vieux nain, torche hélas! d'un caveau, se fit voir:
Et leur rayon, longtemps versé dans le miroir
Qui le renvoyait, pâle, à ces prunelles sombres,
Formait un fraternel échange, entre les ombres
De l'habitacle morne et de l'hôte hébété,
Du peu que l'un et l'autre ils avaient de clarté.

Je m'appuyais au mur, contemplant en silence
Le lieu, l'homme.

        Ma main, qui pendait, heurta l'anse
De la cruche gisant vide sur les pavés;
J'allai vers la fontaine, et je revins.

             « Buvez, »
Dis-je.

      Le nain frémit à ma voix comme un homme
Qui s'éveille, et cria :

          « Qui va là? Je me nomme
Hespérus! J'ai reçu quoique indigne, le don
De vaincre dans les champs sacrés d'Armageddon

Les satans qui criaient : silence, à la Parole !
Passant, qu'es-tu ? ton front n'a pas la banderole
Écarlate qui fait reconnaître un Esprit
De Jupiter, selon qu'un voyant me l'apprit.
Souffres-tu ? car il est des Anges solitaires...
Mais peut-être tu viens des ténébreuses Terres
D'où monte, obscur défi de l'Ombre aux Cieux lointains,
La fumeuse splendeur des Lucifers éteints ! »

Hélas ! c'était un fou. Je lui tendis sa cruche.

« Tu n'es donc pas celui qui se nomme l'Embûche,
Car Dieu limite au mal la ruse du méchant. »

Sa voix, calmée, avait quelque chose d'un chant
Triste, qu'on entendrait de loin.

                                Il dit encore :
« Pourtant, je boirai peu. Tel qui se prive, adore,
Et trouve, s'il jeûna de pain et de boisson,
Sa faim grand-panetier, sa soif grand-échanson,

Dans l'éternel repas, près des pures fontaines. »

Puis il rêva.

« Sagesse! Amour! Noces lointaines! »

Et, fixant la lueur étrange de ses yeux
Sur la glace qui fut comme un lac soucieux
Où le mirage pur d'une étoile se lève,
Dans ses yeux reflétés il regardait son rêve.

Mais, brusque, le soleil s'enfuit en ce moment.
On eût dit d'un rideau tombé soudainement
Ou d'un volet fermé par le vent qui se rue :
Tout s'effaça.

Pensif, je regagnai la rue.

Or, ce quartier, le soir, à l'heure du repas,
Est désert. Un écho, très long, y suit les pas.

Et l'horizon, au fond de la rue, était rouge.

Inquiet, je tournai la tête.

           Hors du bouge
Le nain courait.

        « Suis-moi! criait-il, sois témoin!
Toi seul, comme un oiseau porte une graine au loin,
Dois semer la leçon de notre destinée;
Car Dieu t'élut, passant! »

          Sa face, illuminée
Par l'occident, semblait descendre du Sina.
Ses loques palpitaient dans l'air. Il m'entraîna.
Devant nous, le couchant rayonnait comme un trône.

Un mendiant passa.

        Le nain dit : « Fais l'aumône. »

Cependant, à travers la déserte cité,
Nous courions. Son manteau fuyait vers la clarté,

Plein du vent qui souffla dans la robe d'Élie.

Et moi je le suivais, penché sur sa folie;

Tout près d'y choir. Ainsi nous sentons le désir

De l'engloutissement stupide nous saisir,

Pour avoir regardé trop longtemps un abîme.

C'en était un, avec des feux, comme une cime.

II

LA VISITATION

Jadis, ferme soudard de granit cuirassé,
Francfort avait des tours, des murs, un grand fossé
Propre à décourager les chercheurs d'aventures,
Car le Mein s'y ruait par quatorze ouvertures;
Tel routier qui n'avait jamais, quand il vint là,
Bu d'eau pure, y connut trop bien le goût qu'elle a.
Mais un grand désarroi de rocs et de ferrailles
Combla tout le fossé de toutes les murailles.
Sur les débris un parc aux verdissants contours
Se déroule, ceinture ombreuse des faubourgs,
Que boucle, par endroits, la grille d'une porte;
Et, douce, la cité rit d'avoir été forte.

10

Le lent prolongement des saules balancés
S'incline où des créneaux roides se sont dressés ;
Grêlé, un rosier tient lieu d'un bastion superbe ;
Plus de lances, sinon des pointes de brins d'herbe ;
La voûte où l'on voyait des ombres se mouvoir,
Sinistres, dans la paix inquiète du soir,
Quand, douze fois, à coups chaque fois plus funèbres,
Le cœur du noir minuit battait dans les ténèbres,
Est un chemin de houx et d'épines fleuri,
Où le jeune passant se recueille, attendri
De ce signe de croix aisément effaçable
Que le pas d'un petit oiseau fait sur le sable,
Ou triste de l'adieu d'un merle voyageur
Qui va d'un saule à l'autre et s'envole, ou songeur
D'ouïr dans les légers volubilis la guêpe
Tinter, clair battant d'or de ces cloches de crêpe.

Seul, un donjon, bloc noir, de lierre interrompu.
Que la pioche oublia de détruire ou n'a pu
Mettre à bas, dresse encor ses murs rectangulaires :
C'est l'Abendthor, qui vit de tragiques colères.
Le jour, ce ténébreux cadavre de granit
Se ravive aux gaîtés du ciel, du vent, du nid ;

Le rire frais éclos du liseron circule

Dans ses fentes où luit l'or de la renoncule ;

Il a l'oiseau, l'enfant, l'écureuil, et consent

A l'escalade ; il semble un aïeul innocent

Qui joue et qui veut bien qu'on le coiffe de roses.

Mais la nuit qui connaît les légendes moroses

Des prisonniers cloués au mur à coup d'épieu,

Et trouve que la joie au sépulcre sied peu,

Se développe, morne, et, selon la justice,

Restituant le deuil à l'antique bâtisse.

Sous le porche où le vent tracasse un lourd chaînon

Le trou hagard qu'a fait un boulet de canon

S'arrondit dans le mur comme une lune noire ;

Les vieux échos du burg gémissent de mémoire ;

Il est plein de l'effroi spectral de ce qu'il fut :

C'est l'éclair d'une mèche au-dessus d'un affût

Qu'une étoile entre deux créneaux de ce décombre ;

Et cette solennelle évocatrice, l'Ombre,

Place au guet sous la herse, en sentinelle autour

Des fossés, en vigie au sommet de la tour,

Les fantômes que fit une ancienne défaite.

Un escalier de blocs écroulés monte au faîte

De l'Abendthor. Le nain, qui m'avait amené
Vers ce lieu, salua le donjon ruiné
Et gravit, m'entraînant, la périlleuse côte.

« L'aigle s'envole mieux d'une cime plus haute,
Dit-il, et le brouillard des vallons est trompeur. »

Le faîte était peu large, et chancelait. J'eus peur.
Hespérus me poussa sur les extrêmes pierres,
En criant : « Puisque l'Ange a béni tes paupières,
Regarde, et vois! »

                              J'ouvris très largement les yeux.
L'immense paix de l'ombre envahissait les cieux ;
Sous un vent dont tremblaient seulement les hauts arbres,
Des nuages profonds, pareils à de grands marbres,
S'assemblaient au-dessous de Vesper, pâle point,
Comme une flottaison de banquises se joint ;
Et, s'étageant par blocs en de lugubres formes,
Voûtaient l'ascension de leurs courbes énormes,
Jusqu'à mettre à la terre un couvercle total.
Seule, très faible, au bas du ciel occidental,

Une ligne de nue et d'or blème, restée
Comme un ruban d'écume au bord d'une jetée,
S'amincissait avec de plaintives douceurs.
Et, sous l'oppression des noirs envahisseurs,
Elle mourut. Ainsi fuit la lueur vermeille
D'un collier, quand l'écrin se referme. Pareille,
Après les lustres d'or éteints par les valets
Dans l'antichambre et dans les salles d'un palais,
S'échappe la lueur qui glissait sous la porte.
Et le ciel m'effraya comme une steppe morte.

« Que vois-tu? dit le nain.

— L'obscurité du ciel.

— Tant qu'en mon sein fut clos l'œil immatériel,
Reprit-il, je ne vis, comme toi, que ténèbres.
Rhéteur, docteur, fameux entre les plus célèbres,
Mais plein d'ombre, c'était l'ombre que j'enseignais ;
Je prenais vainement le mystère aux poignets
Pour le forcer d'ouvrir enfin ses mains fermées ;
Étreignant des éclairs, colletant des fumées,
J'avais dans l'inconnu des combats à tâtons ;
Et mes élans rampaient comme des avortons ;

10.

Mais la Sagesse, enfin, m'élut entre les hommes!

Ce fut un soir, à l'heure, à la place où nous sommes,
Un frisson secoua tout mon être, et des Voix
Crièrent : Hespérus! sois en esprit, et vois!

O clémence! ô sacré déchirement du voile!

D'abord, comme un lever miraculeux d'étoile,
Surgit dans l'Orient nocturne un point lacté,
Tremblant espoir de jour, œuf grêle de clarté,
Qui laissa lentement et plume à plume éclore
Et blèmir, comme un cygne ineffable, une aurore
Et cette aube grandit, blanchissant tout le ciel
D'un éblouissement profond, torrentiel,
Et sa splendeur d'argent fluide, atténuée
Dans une transparence éparse de nuée,
Doux abîme, sembla délicieusement
Un golfe merveilleux, couleur de diamant,
Où l'onde en un brouillard diaphane déferle
Sur des îles d'opale et des brisants de perle!

Et j'étais en esprit sur les monts.

Et voici,

Que brillamment visible à mon œil éclairci,
Une forme d'enfant émana de l'aurore.
Candide nudité, front qu'un nimbe décore,
Elle marchait, avec un lys dans chaque main,
La pente d'un rayon lui servant de chemin.
Et, vieux, je saluai l'ange enfant.

Mais, grandie,

Et splendide, lueur devenue incendie,
La vision sembla le fulgurant essor
D'un cavalier sonnant d'une trompette d'or
Sur un cheval ailé de neige comme un cygne.
Sous l'éphod que la règle hyménéenne assigne,
Elle avait dans les yeux l'inextinguible éveil ;
Écarlate, roulait de la gorge à l'orteil
Sa robe où des rayons tremblaient comme une frange ;
Et je levai les bras vers le beau jeune homme ange !

Mais Lui, le visiteur divin, le Messager
Qui monte un cheval-cygne et va dans l'air léger,

De cette voix qui fait la parole meilleure
Et qui, frôlant d'abord l'ouïe intérieure,
Enivre le mental comme un parfum subtil :
« Sais-tu par quelle cause il m'a fallu, dit-il,
Me révéler enfant avant de t'apparaître
Tel que je suis?

        — C'est, dis-je, un signe qu'il faut être
Dans l'innocence avant d'être dans la beauté.

— Qui suis-je?

        — Ton Amour sans trêve alimenté ;
Car on devient selon qu'on aime.

            — Qui m'envoie?

— Le rémunérateur de l'espoir par la joie,
Le Trinôme-Jésus, seigneur des univers.

— Qui t'enseigna?

          — Mes yeux internes sont ouverts,

Et je suis, par la Grâce, une âme qui s'éveille.

— Ainsi tu pourras voir et toucher la merveille
Des Cieux perpétuels et purs?

                      — Je le pourrai.

— Viens donc, s'écria-t-il, car Dieu t'a préparé! »
Et, comme un aigle enflant son vol aquilonaire,
Prompt, tombe sur sa proie et l'emporte au tonnerre,
L'ange, alors, m'enleva par la nuque, au delà
Des sphères, vers les Cieux que saint Jean révéla,
Pour qu'après Sperberus qui conçut le grand songe,
Et Bœhme le Voyant, et Swedenborg qui plonge
D'un front démesuré dans les gouffres divins,
Un homme encor, niant la verge et les devins
Des Molochs et leur verbe imposteur qui ricane,
Expliquât, l'ayant vu de ses yeux, chaque arcane,
Et, montrant le chemin de la jeune Sion
Aux enfants de l'exil et de l'affliction,
Leur dît : « Lavez, lavez, ô race repentie,
Vos vêtements obscurs dans le sang de l'hostie,

Car il faut se vêtir de blanc pour le festin,
Et Dieu vous donnera l'étoile du matin! »

Tel, pendant qu'à nos pieds la ville morne et lasse
Déroulait pesamment sa ténébreuse masse
Et que les arbres noirs tremblaient autour de nous,
Tel, sous les cieux profonds s'étant mis à genoux,
Les yeux extasiés, les bras en croix, au faîte
De l'Abendthor, parlait le nain, obscur prophète.

III

ARCANES

Il reprit :

« O vous tous, mangeant, buvant, dormant
Sous le Ciel qui s'entr'ouvre impénétrablement,
Puissiez-vous, par cet homme à qui je la révèle,
Apprendre, ô surdités aveugles! la Nouvelle
Que savent mon oreille et mes yeux revenus
Du voyage à travers les mondes inconnus!

Au-dessus des Enfers, sous le Ciel triple et double,
Plane un Monde baigné d'une lumière trouble,

Ses astres n'étant pas ténébreux ni vermeils.

C'est là que, réveillés du plus court des sommeils,

Les hommes qu'on croit morts sont conduits par un ange.

Qu'ils soient hommes encor, cela leur semble étrange,

Et chacun d'eux, vêtu comme il était vêtu,

Entend ces mots : « Esprit ! qu'as-tu cru ? qu'aimais-tu » ?

Telle étant la contrée où l'Ange les amène

Qu'on n'y saurait mentir selon la mode humaine,

L'un répond : « Je croyais que le tombeau jaloux

Ne s'ouvrait qu'à la faim de l'hyène et des loups,

Et j'aimais, pour tromper mes funèbres détresses,

Les coupes et les yeux qui versent des ivresses. »

Un autre dit : « Je n'ai rien cru, je n'ai rien su,

Objectant à la Foi la peur d'être déçu ;

Mais j'amassai de l'or afin de faire envie. »

Un troisième répond : « J'ai désiré la vie

Et l'ai cherchée au fond du mystère hagard ;

Mais l'abîme était trop profond pour mon regard. »

Un quatrième dit : « J'étais Roi. Mes prophètes

S'écriaient : « Vous et Dieu, vous êtes les deux Faîtes :

Seigneurs, regardez-vous en face sans ennui,

Et que, si l'un de l'autre est jaloux, ce soit lui. »

Je les croyais. Je fus terrible et débonnaire.

Ayant l'Aigle, il fallait que j'eusse le tonnerre ;
Mais j'avais des pitiés au retour des combats. »
Un cinquième, qui fut dans l'Église ici-bas,
Dit : « J'étais catholique et croyais l'Évangile :
Que l'esprit survivrait mais que la chair fragile
Se mêlerait au vent qui fuit, je le prouvais ;
Et dans un célibat plein de rêves mauvais
J'ai connu longuement les affreuses délices
De la blême abstinence et des rouges cilices. »
Tels ils parlent, ayant la Couleuvre à leurs pieds.
Mais l'Interrogateur leur dit : « Vous vous trompiez ;
Et c'est de quoi le Cœur du Ciel soupire et saigne. »
Puis il les fait s'asseoir en cercle, et les enseigne.
Or, comme dans le monde aux douteuses clartés
Un ange très savant parle aux ressuscités,
Je vous parle ici-bas, vivants que l'heure presse.

Faites l'Œuvre, d'après l'Amour, par la Sagesse.

Mais quelle est la Sagesse et quel l'Amour ? Voici.

Les saints avertisseurs d'Israël endurci,

Les suscités de Dieu, disaient vrai ; les sibylles
Ne mentaient pas aux pieds des Baals immobiles,
Ni celle que Saül implora dans Endor,
Ni dans le carrefour d'un triple corridor
Les femmes d'Éleusis, de Delphes, ou de Cumes ;
Ces bouches ont bavé du vrai dans leurs écumes,
Et, malgré soi prophète en sa rébellion,
Astaroth, dans saint Jean, se nomme Apollyon.
Certe, il voulut séduire et tromper, mais le Traître,
S'efforçant d'être faux, ne put que le paraître,
Car le mensonge est mal aisé même aux satans ;
Et l'oracle d'Éphèse est sûr, si tu l'entends.
Donc, médite, et poursuis l'âme éparse du Verbe.
Le sang court dans la chair, la racine est sous l'herbe.
Quand il a dans sa cave enseveli de l'or,
L'avare, qui réserve à ses fils ce trésor,
Pour qu'ils sachent l'endroit, le marque d'une obole ;
Tel, Dieu mit sur le sens enfoui le symbole
Pour qu'aux yeux que n'a point aveuglés le Péché
La Lettre révélât où l'Esprit fut caché.
Fouillez profondément ; la trouvaille est certaine.
Est-ce que Raphidim n'est pas une fontaine,
Bien que nulle eau d'abord ne coule du rocher ?

Issachar dit : « Ma soif ne pourra s'étancher »,

Et, lâche, pour mourir, se couche sur la terre.

Mais vous, frappez le roc profond qui désaltère !

Que des sables d'Horeb sourde la vérité :

Creusez, puisez, — l'effort, fût-il vain, est compté, —

Afin qu'ayant lavé vos erreurs dans l'eau saine,

Vous vous présentiez, purs, à l'éternelle Cène,

Et disiez : « Nul ne meurt. Dans le tombeau dormant,

La pourriture trompe et le squelette ment ;

Le néant du cadavre est la funèbre embûche

Du Jaloux qui, d'étoile en étoile, trébuche

Dans le décombre noir des Trônes vermoulus,

Et se dit Lucifer, sachant qu'il ne l'est plus.

Le front altier survit, et les basses entrailles

Survivent ; éternels, nions les funérailles.

L'espoir de fuir le corps étendu sur le dos

Peut sourire aux porteurs des immondes fardeaux ;

Tel qui souilla sa chair veut bien qu'on l'en délivre.

Mais quiconque, attentif au sens caché du Livre,

Vécut selon le Vrai du Bien, et le comprit,

Sait le Corps immortel à l'égal de l'Esprit.

Comment périrait-il, étant l'unique forme ?

Dieu, c'est l'Homme divin ; le Ciel, c'est l'homme énorme,

Plus parfait, et mieux clos aux ruses du démon,

Mais ayant, comme l'Homme et la Femme, un Poumon :

L'Intelligence, un Cœur : la Charité suprême,

(Car le Poumon perçoit, et, plus chaud, le Cœur aime),

Un Front resplendissant de la sublimité

De Connaître, des Bras qui sont la volonté,

Des Lombes que sacra l'horreur de l'Adultère,

Des Pieds, enfin, plus vils, étant presque la Terre.

Et qui donc pourrait dire : il en est autrement,

Quand l'univers divin qu'à notre entendement

Illustre le flambeau sacré des évidences,

Est le lieu des Accords et des Correspondancés?

Selon que tout existe, il existe, plus pur :

Ses horizons sont bleus, mais d'espoir, non d'azur ;

L'éternel Orient le baigne avec largesse,

Mais de quel jour? du jour appelé la Sagesse ;

Ses fleuves, c'est la Foi, plus limpide qu'une eau ;

A-t-il un soleil? oui. Mais quel soleil? l'Agneau. »

Parlez ainsi devant la Porte occidentale,

A l'heure où le drap noir sur vos bières s'étale,

Pour que le serviteur du seuil, splendide et nu,

Dise : « Ils peuvent entrer, parce qu'ils ont connu. »

Aimez aussi. L'Amour, c'est la vigueur sacrée.

La Sagesse délivre et guide, lui seul crée

Et ressuscite, auguste assassin du trépas :

L'Amour n'existant point, Dieu n'existerait pas.

Mais quelle est son Essence et quels sont ses Usages?

« Aimez, disent les Bons de ce monde, les Sages,

Aimez avec l'ardeur des feux invétérés

L'Homme que fut Jésus, Jésus que vous serez ;

Penchez-vous vers la bête obscure avec tendresse :

C'est dans les fronts courbés que l'esprit se redresse ;

De votre pain, de vos propres chairs, s'il le faut,

Nourrissez le requin, l'hyène et le gerfaut,

Croyant la charité d'autant plus saine à l'âme

Que l'effort est plus dur et l'objet plus infâme ;

Aimez la plante ; aimez les vieux chênes tremblants,

Car les branchages roux valent les cheveux blancs ;

Des bénédictions tombent des bras du hêtre,

Et la vieille forêt pensive est une ancêtre ! »

Mais moi, le compagnon des anges, je vous dis

Qu'un autre Amour, seigneur des chastes paradis,

Trône, au zénith divin, dans sa candeur ignée,

11.

Et que tous les amours ne sont que sa lignée.

Pur, même dans la chair, suprême et radical,

Intime, il est celui qu'on nomme conjugal;

Il veut l'hymen; il prend deux Esprits et les mêle

Au point qu'ils seront un quoique mâle et femelle,

Ainsi que les deux yeux ne sont qu'un seul regard.

Aucun ange n'est seul. Satan vit à l'écart.

Humains, soyez époux! Des froideurs et des haines,

Comme un captif se fait un bon engin des chaînes

Et de l'anneau de fer à sa jambe rivés,

Faites-vous de l'Amour afin d'être sauvés!

Foyer dévorateur du mal, pas d'immondice

Dont il ne se renforce et ne se ragrandisse!

Sur les monts, dans le lit desséché d'un torrent,

Quand un pâtre, au milieu de son bétail errant,

Active un large feu dont la nuit s'épouvante,

Il lance à pleines mains dans la splendeur vivante

Des racines, de noirs lichens, des troncs pourris,

Et pourtant, de ce tas immonde de débris,

Tant de jour envahit le vieux mont taciturne

Qu'au loin, dans les vallons, le voyageur nocturne

Croit rêver, et, criant : Quelle est cette aube, ô Cieux!

De peur d'être aveuglé met la main sur ses yeux.

Alimentez sans fin le vorace incendie!

A l'Amour, tous les faux amours, sa parodie,

La mauvaise action et le mauvais dessein,

L'embûche du voleur, le guet de l'assassin,

L'audace de mentir, la ruse de se taire,

A l'Amour la luxure, à l'Amour l'adultère!

Tant qu'épurée enfin par l'adorable feu

Cette Bête qui fut l'Humanité soit Dieu

Et démesurément s'extasie incarnée

Par couples en l'immense et céleste hyménée! »

A ces mots, dans la nuit claire autour de son front,

Comme un pâtre qui vient d'escalader un mont

Et dont l'élan suprême en un soupir s'achève,

Le nain reprit haleine au faîte de son rêve.

IV

LA VISION SUPRÈME

Une étoile parmi la stagnante épaisseur
Des nuages s'était levée avec douceur,
Faible, et dont le rayon coulant du ciel nocturne
Comme des pleurs de lait d'une fissure d'urne,
En flaques de blancheur s'étalait sur les murs.

L'illuminé songeait sous les cieux moins obscurs.

« Donc j'ai franchi les seuils clos de portes ignées
Et j'ai pu vivre avec les Anges, trente années,

Partageant leurs travaux, leurs jeux et leurs repas,

Ainsi que l'homme vit avec l'homme ici-bas.

J'ai la Sagesse et j'ai l'Amour : j'aurai la vie.

Nuit dernière, d'un jour perpétuel suivie,

O mort! par qui les yeux se ferment dans le temps

Et dans l'éternité se rouvrent, je t'attends

Comme un homme inquiet va guetter au passage

L'ami qui doit venir, porteur d'un bon message;

Et de ce remûment plein d'un captif essor

Que l'approche d'un souffle imperceptible encor

Communique à la voile, à l'arbre, à la broussaille,

Mon être intérieur infiniment tressaille.

Crépuscule ébloui de devenir le jour,

J'apparaîtrai sous la forme de mon Amour!

Car, pour le Ciel auguste ou pour l'Enfer immonde,

L'homme engendre sa chair future dès ce monde

Et la verra, selon l'objet dont il s'éprit,

Splendide ou ténébreuse, éclore de l'esprit.

En des candeurs de neige, en des ardeurs de flamme,

Où, sensible, vivra la beauté de mon âme,

Je serai tout mon rêve enfin substantiel;

Et puisque l'hyménée est le vrai nom du Ciel,

Puisque deux amants purs, que l'intime mystère

D'être unis pour l'Eden fiança dès la terre,

Lui, Sagesse, Elle, Amour, et l'un à l'autre égal,

Deviendront un seul ange auguste et conjugal :

Dans Adramandoni, dont les belles pelouses

Voient avec les Époux converser les Épouses,

Je verrai, nuptiale, en habits de satin,

Mêlée à la lumière et mêlée au matin,

La femme en qui Dieu mit l'Amour de ma Sagesse !

Déjà, car le Seigneur me fait cette largesse,

Je la vois.

        Loin d'ici, sur la terre, pourtant,

Une région morne et splendide s'étend,

Cieux glacés, sol durci, mer immobilisée.

Là, du soleil polaire éternelle épousée,

Mais après tant de jours immaculée encor,

La neige ne sait point l'ardeur des baisers d'or

Et livre sans périls de fonte ni de hâle

A l'impuissant époux sa virginité pâle.

Steppes développant leur blême immensité

Sous un ciel des candeurs de la terre teinté ;

Forêts, gorges, vallons, molles profondeurs blanches
Que parfois, sous le givre éblouissant des branches,
Traverse à pas pesants un carnassier rôdeur,
Muet dans le silence et mat sur la splendeur ;
Villes au loin, hameaux presque enfouis qu'assiège
L'épais grossissement onduleux de la neige ;
Larges fleuves étreints par les glaces, amas
D'avalanches, sommets éclatants de frimas,
Tout s'estompe et se fond dans la monotonie
D'une blancheur intense, immuable, infinie.
Forme sensible à peine en ce vaste unisson
Du ciel froid, du désert blafard et du glaçon,
S'élève, au flanc des monts, une antique demeure.
Son tranquille escalier que rarement effleure
Le pas d'un serviteur pensif qui disparaît
Sous une voûte ainsi qu'un spectre s'en irait,
Ses arcades qu'au loin la neige continue,
Et le blêmissement de ses toits sous la nue
Forment un édifice étrange et solennel,
Semblable à ces palais que l'hiver éternel
Dresse et maçonne, ayant, sous la brume blanchâtre,
Pour pierre la banquise et le flocon pour plâtre.
Au dedans le silence et la paix sont profonds ;

De froides pesanteurs descendent des plafonds,

Et, miroirs blanchissants, des parois colossales

Cernent de marbre nu l'isolement des salles.

De loin en loin, et dans les dalles enchâssé,

Un bassin de porphyre au rebord verglacé

Courbe sa profondeur polie, où l'onde gèle ;

Le froid durcissement a poussé la margelle

Et le porphyre en plus d'un endroit est fendu ;

Un jet d'eau qui montait n'est pas redescendu,

Roseau de diamant dont la cime évasée

Suspend une immobile ombelle de rosée.

Dans la vasque pourtant, des fleurs, givre à demi,

Semblent les rêves frais du cristal endormi

Et sèment d'orbes blancs sa lucide surface,

Lotus de neige éclos sur un étang de glace,

Lys étranges, dans l'âme éveillant l'idéal

D'on ne sait quel printemps farouche et boréal !

Une vierge aux grands yeux ouverts sur le mystère

Habite avec ces fleurs dans le Nord solitaire.

Le suprême dessein qui règle les hasards

La fit naître du sang impérial des Tzars ;

La gloire, la grandeur presque surnaturelle,
Le faste, elle eut l'orgueil de ces pourpres sur elle,
Et reçut, jeune front peut-être épouvanté,
Un diadème encor, la parfaite beauté.
L'homme se sent pâlir parfois sous la couronne,
La femme, non; en vain la chute l'environne,
Son vertige a l'ivresse et n'a pas la douleur;
Dans la main d'une femme un sceptre est une fleur.
Prends cette fleur! disait le satan qui l'assiège;
Mais, Dieu l'ayant élue, elle a connu le piège
Et de la terre sombre a détourné les yeux
Comme un rayon jaloux remonterait aux cieux.
Un roi l'aimait; pensive, elle a conclu l'échange
De l'amour faux d'un roi pour l'amour vrai d'un ange;
De moment en moment, vers l'Hymen immortel,
Comme un prêtre gravit les marches d'un autel,
Elle monte, pour guide ayant cette courrière
Qui prépare le lit nuptial, la Prière;
Et, pendant qu'elle aspire à l'immuable Amour,
Le blanc septentrion est l'unique séjour
Auquel, blancheur aussi, son âme se résigne.
Le ciel aura cet ange, et la neige a ce cygne.

Or, la fille des Tzars et moi, nous nous aimons.

Qu'importent entre nous des mers, des cieux, des monts !
Tout l'éloignement sombre interpose son voile
Sans dérober l'étoile au regard de l'étoile ;
Et, si distants que l'un de l'autre nous soyons,
Nous nous sentons voisins, à cause des rayons.
Qu'importe que je sois ce vieux à face vile,
Cette chose mêlée aux fanges d'une ville,
Et qu'elle ait la noblesse avec la pureté,
Lys des champs qu'une tige héraldique a porté !
Sa grâce, ma laideur, sa grandeur, ma bassesse,
C'est l'inégalité naturelle, qui cesse,
C'est l'envers du mental, l'extérieur du front ;
Nos êtres sont égaux dans ce qu'ils deviendront.
L'un chez l'autre adorant les parités futures,
Nous secoûrons les fers et romprons les clôtures
De l'épreuve, prison qui nous possède en vain ;
Il faut être terrestre avant d'être divin,
Mais par je ne sais quoi de moins lourd dans nos chaînes
Se dénonce l'essor des libertés prochaines !
O jeune Ame, vouée à mon âme déjà
Quand de l'antique nuit la lumière émergea,

De mon chaste désir éternelle vestale,

Nous vêtirons enfin notre splendeur totale !

Couchés le même jour, selon d'anciens accords,

Moi dans le sol obscur qui ressemble à mon corps,

Toi dans la neige pâle à qui ton corps ressemble,

Nous ressusciterons, transfigurés ensemble,

Et déjà, pour sourire aux divins épousés,

Les beaux Anges en deux groupes se sont posés

Sur les blancs escaliers de la mystique enceinte,

Ceux-ci vêtus de pourpre et ceux-là d'hyacinthe ! »

Tel il songeait. Ses doigts en un geste enfantin

Vers l'épouse promise à son rêve hautain

Envoyaient le baiser des jeunes fiançailles,

Et son ombre difforme errait sur les murailles.

Tout à coup, avec l'air d'une bête en arrêt,

Il se tut.

Tout le ciel, plein d'astres, l'éclairait.

Crispé, roide, il tendait une oreille éperdue
Sans doute vers des voix d'anges dans l'étendue.
Autour de nous s'accrut le silence. On eût dit
Que les bruits se taisaient afin qu'il entendît.
Quoi ! ce murmure épars des Esprits dans l'espace,
Qui confondrait l'ouïe humaine et la dépasse
Par les vibrations d'un éther trop subtil,
Le pouvait-il entendre et le comprenait-il ?
Il écoutait. Parfois, ouvertes par l'extase,
Ses lèvres remuaient, répétant une phrase ;
Et, bientôt, l'œil sublime et le front surhumain,
Sous l'ombre éblouissante, il s'écria : « Demain ! »

Demain, la fange aura pris l'époux, et, jalouse,
La neige épaissira le linceul de l'épouse ;
Mais l'archange-prophète a dit : « Vous revivrez ! »

O réveil ! nous montons, réunis, délivrés,
Purs êtres que plus rien d'extérieur n'altère.
Qu'était-ce que le noir océan, et la terre,
Et le pâle soleil de l'antique ciel bleu ?
Des éléments : de l'eau, de la boue et du feu.

La nature d'en bas, c'est l'éternelle morte.
Une élévation sublime nous emporte
Vers le monde vivant des Cieux définitifs,
Et, libres d'autant plus que nous fûmes captifs,
Humains, mais déchargés des pesanteurs infâmes,
Nous n'avons de l'épreuve emporté que nos âmes,
C'est-à-dire la forme intime de nos corps.
Être esprit, c'est avoir le dedans pour dehors.
Nous montons, éblouis, des chemins de lumière !
Quand j'hésite, c'est toi qui passes la première.
Parfois, vêtu de pourpre, un angélique Esprit
S'envole devant nous, se retourne, et sourit.
Nous le suivons, heureux, ma main serrant la tienne
Pour que l'un, s'il faiblit, de l'autre se soutienne,
Unis, mais d'un peu loin et les regards baissés,
Comme il convient, n'étant encor que fiancés.

O cieux purs ! le chemin de lumière se hausse !

Mais le Tartare, en bas, fuligineuse fosse,
Érige des palais de fange et de roseaux ;
Et, rauque, une clameur, comme à travers des eaux,

12.

Apporte jusqu'aux cieux spirituels l'insulte
De l'orageux Enfer qui dans sa haine exulte !

« Maîtres des lâchetés et seigneurs des effrois,
Nous sommes les héros, les papes et les rois !
Broyés sous nos talons, du sang de leurs blessures
Les peuples résignés empourprent nos chaussures ;
Et Dieu s'écroulerait s'il n'avait pour appui
Notre divinité par où l'on croit en lui.
A nous le Sceptre, à nous la Crosse irréfutable !
Mais au banquet splendide où notre orgueil s'attable
Deux princes manqueraient si vous étiez absents,
Jeunes Anges ! »

Ainsi nous tentent les Puissants.

« Les Sceptres, qu'on les fonde ! et vendez les Tiares !
Hurle à son tour la voix mauvaise des Avares,
Cri plus âpre, monté d'un enfer plus obscur ;
L'or est beau, l'or est bon, l'or est grand, l'or est pur !
Plus puissant que la Force et l'Orgueil, et plus sage,
Il a, Dieu virtuel, le mépris de l'usage,
Et dans tout homme ayant amassé des tas d'or
N'allume que l'amour d'en amasser encor.

Par nous, vous connaîtrez, Ames longtemps dupées,
L'extase de sentir entre ses mains crispées
Courir les flamboîments de l'or torrentiel :
Anges! vous compterez, pièce à pièce, le Ciel! »

L'abîme tentateur renforce ces voix gaies
Par des écroulements somptueux de monnaies.

Un autre appel s'élève, et c'est une chanson
Qui nous émeut d'un tiède et violent frisson
Comme le vent du sud chauffe et tord les voilures.

« Montez vers eux, parfums légers des chevelures,
Et vous, bruits doucereux des caresses, montez
Avec le clair éveil des rires chuchotés!
Enseignez-leur l'amour, seul reposoir propice
Où la fatigue d'être immortel s'assoupisse,
Et ce léthé, stagnant endormeur des desseins,
Qui gît dans l'intervalle adoré des beaux seins.
Langueurs lasses du lit, soupirs, caresses nues,
Doux néant, soyez-leur des ivresses connues,
Et qu'ils sachent, heureux de se désabuser,
Ce que l'Enfer a mis de ciel dans le Baiser! »

Ce chant qui nous poursuit, plein d'énervantes fièvres,
A fait se rapprocher ma bouche de tes lèvres;
Parce qu'au fond de moi sans doute il est resté
Un peu des pesanteurs de l'univers quitté,
Mon front penche, surpris d'ivresse et de panique
Au doucereux appel de la Chair tyrannique,
Et je te dis, sentant se heurter mes genoux :
« Regardons-les! peut-être ils aiment comme nous... »
Mais ton œil, qui connaît le bon grain de l'ivraie,
Surprend l'ombre d'un jet de la lumière vraie,
Et l'Enfer, qui s'effare, apparaît dans ce jour
Tout autre qu'il n'était, vu selon son amour.

Ce bétail attaché dans une herbée épaisse
De glaives et de dards sanglants, pour qu'il y paisse,
Ces ânes dont le bât a crevassé leur dos
Et qui buttent, chargés de coups sur les fardeaux,
Ces lynx maigres, dont flotte, ainsi que de vieux linges,
Le ventre, ces chacals chevauchés par des singes,
Ces porcs, sale troupeau gras d'ordures, qui sent,
Palpe et mange sa fange en se réjouissant,
Ce sont les empereurs, les évêques, les princes!
Un roi qui grossissait d'empires ses provinces,

Homme encor, mais sans tête, a pour royaume un trou
Et porte sa couronne à même sur le cou,
Pendant qu'à ses talons ce loup-cervier qui lape
Du sang est un héros et ce renard un pape !

Non moins affreux, ayant pour membres des serpents
Et d'impurs scorpions l'un sur l'autre rampants,
Les Avares, ployés vers des tables étroites,
Rangent soigneusement des cailloux dans des boîtes ;
Quelqu'un vient et leur dit : « Sciez ces troncs, hissez
Ces blocs ! » et, quand ils ont, esclaves harassés,
Scié les troncs, hissé les blocs, leurs mains avides
Pour unique salaire obtiennent des noix vides,
Et tous courent, furtifs et le regard sournois,
Enfouir dans des trous les coquilles de noix !

Plus bas, une rondeur se gonfle et se resserre :
Helminthes fourmillants d'un immonde viscère,
Là pullulent, heureux, les Amants de la Chair.
Puisque l'homme devient l'amour qui lui fut cher
Ils se sont incarnés dans leur sale espérance.
Fardés, les membres oints de suie et d'huile rance,
Décrépits, gracieux, d'un geste libertin
Retroussant des haillons de gaze et de satin,

Et, vieillards, sur des fronts chargés de cent années,
Mêlant des cheveux gris à des roses fanées,
Les uns, comme on verrait entre des bras d'amant
Le jeune époux tenir l'épouse au corps charmant,
Enlacent d'une étreinte éperdue un squelette
Qu'à leur lèvre céda la dent de la belette,
Et baisent, enivrés d'amour dans un cercueil,
Le trou qui fut la bouche et le trou qui fut l'œil;
Dans un bosquet qui voit sous les pleurs des cascades
Se jouer des guenons au lieu d'hamadryades,
D'autres, priapes fous, sans aucun vêtement,
Mais de la tête aux pieds velus horriblement,
Presque animaux, scandant leurs cris d'infâmes gestes,
Environnent d'un chœur de danses immodestes
Des torses de vénus faits d'excréments durcis.
Et tous portent la joie en feu sous leurs sourcils,
Car tel est le Désir dont ces Ames sont faites
Qu'étant dans l'infamie elles sont dans les fêtes!
Mais voici : pour avoir tenté nos fronts élus,
Les vieillards débauchés, les priapes velus,
Comme par la fenêtre on jette des ordures,
Seront précipités en des géhennes dures.
Plus d'amours ni de jeux. Fainéants, au travail!

L'atelier rude après le languissant sérail.

Et leurs mains, à la molle étreinte habituées,
Devront broyer du fard pour les prostituées!

Aveugle enfer, hélas!

                    Cependant, pèlerins
Miraculeux, passants des abîmes sereins,
Notre angélique essor traverse des fumées,
De flamme, de musique et de parfum tramées!

Roulant de toutes parts cet éclair adouci
Qui tremble à l'orient de la perle, voici
Que les Cités du Ciel s'ébauchent dans la brume;
Et, suprême, au delà des paradis, s'allume
Jérusalem, au loin, comme une lampe d'or!

Oh! sur quel seuil devra se poser notre essor?
Car celui qui discerne et qui groupe les âmes
Selon la parenté de leurs intimes flammes
Fonda pour les Élus de l'épreuve émigrés
Autant de Ciels qu'il est dans l'amour de degrés;

Et le séjour prescrit par sa miséricorde
Si strictement avec les habitants concorde
Que toute autre lumière aveuglerait leurs yeux.

Nous montons à travers les Cieux, cherchant nos Cieux,

O spectacle ! Un Eden, dans une gloire pâle,
Ouvre sur l'infini des portiques d'opale,
Candide et confiant symbole de l'accueil,
Qui propose à nos pas et conseille à notre œil
De pénétrer jusqu'aux clartés intérieures.
Blanches, aux toits d'argent, s'élèvent les demeures ;
Le flamboîment issu du cri de Jéhovah,
Lorsque l'aîné des jours naturels se leva,
Baigne les dômes clairs, et, docile aux hélices
Des longs jardins, allume, en glissant, les calices.
La neige, sur le sol, se mêle aux fleurs d'été ;
Neige spirituelle, elle a nom Chasteté.
Toute chose, en un lieu céleste, représente,
Et, de réalités naturelles exempte,
A des réalités intimes correspond.
Ici le jour, couleur d'une perle qui fond,
Lucide, mais terrestre encor dans son essence,

Des Esprits qu'il éclaire est l'humble Connaissance ;

Les Hymens, pour figure, ont ces blanches maisons

Où le Désir grimpant suspend des floraisons

Parfois de lys, parfois de rouges amarantes ;

Et les fenêtres sont des Candeurs transparentes.

Des Anges, sous les fleurs, rayonnent deux à deux ;

L'Amour qu'ils ont en eux transparaît autour d'eux,

Plus vif selon qu'ils font de plus sacrés Usages ;

Il est l'ardente chair de leurs jeunes visages,

Azure leurs regards, embrase leurs cheveux,

Les vêt d'une syndone irisée où leurs vœux

Sont brodés en festons de perles et de gemmes,

Et, royal, sur leurs fronts pose des diadèmes.

Nul n'est oisif. Les uns ensemencent les champs,

Taillent la vigne, ou dans la cité sont marchands ;

D'autres sont conseillers ou maîtres de milices ;

Mais l'hymen associe aux labeurs les délices :

En deux ramiers, avec un bruissement doux,

Des lèvres de l'Épouse aux lèvres de l'Époux

Se croise du Baiser le symbole fidèle ;

Chaque ramier, couleur de neige en venant d'Elle,

A des ailes de flamme en revenant de Lui.

Et quand, à l'occident de leur Ciel, aura lui

Le signe interrupteur des soins et des négoces,
Ils s'en iront, époux conviés à des noces,
Ardent midi qui s'offre en exemple au matin,
Près d'un couple nouveau s'asseoir en un festin.
Sur des tables qu'éclaire entre de blancs pilastres
La constellation d'une lampe à sept astres,
Ils se partageront les pains de pur froment
Et vers l'Amour, soleil du plus haut firmament,
Leurs bras élèveront les coupes solennelles !
Puis, sous les myrtes purs inclinés en tonnelles,
Ce sera le moment des Spectacles, des Jeux,
Des chastes entretiens sur les gazons neigeux,
Dans les feuilles, pendant qu'une fleur, balancée
Au toucher de leurs fronts, se teint de leur pensée ;
Et, bientôt, enlacés d'un geste plus aimant,
Ayant l'ombre autour d'eux comme un consentement,
Vers les maisons d'hymen, secrètes sous les branches,
Ils marcheront, pensifs, avec les lenteurs blanches
De deux cygnes voguant sur un sombre canal,
Jeunes Ames au corps chaque soir virginal,
Qu'isolera du ciel, des cités, des ramées,
Un bruit mystérieux de portes refermées.

Nous passons! Dans les cieux sans limite agrandis
S'échelonnent encor des villes, paradis
Plus parfaits et peuplés de plus sublimes hôtes,
Suivant qu'ils sont placés en des zones plus hautes.
Mais, parmi tant de seuils sacré, il n'en est pas
Un seul qui soit égal à l'orgueil de nos pas;
Le besoin de la vie extrème nous dévore;
Et nous montons, plus purs si nous montons encore!

Tout s'enfuit. Les Edens, les Cieux, ont-ils été?
Plus rien.

     L'espace immense.

            Au fond, une clarté
Terrible! et qui, semblable à quelque aimant avide,
Nous attire, éperdus, à travers tout le vide.
Nous allons. Elle s'enfle, et devient, de flambeau,
Fournaise! le levant qui s'empourpre est moins beau
Puis, des chaleurs. Nos corps sentent par chaque pore
Suinter de l'ombre, reste impur qui s'évapore,
Nous sommes nus. Le rouge et chaud rayonnement
Pénètre dans nos chairs plus immédiatement.

Tout notre être devient un élan qui s'embrase
A la proximité de la dernière extase.
Nous voyons à travers des splendeurs de bûcher
Des formes tressaillir, des couleurs s'ébaucher,
Et, comme un matelot, de la mer solitaire
Voit surgir sa patrie et jette ce cri : Terre!
Sublimes arrivants, nous avons crié : Ciel!

Front de l'immensité, but providentiel
Des Sagesses, Sion qui trônes au pinacle
De l'affranchissement suprême, Tabernacle!...
Reçois notre salut, Monde sacerdotal
Où les Anges vêtus d'un fluide cristal
Apparaissent tout nus, étant les Innocences,
Où le Bien et le Vrai, conjoignant leurs essences
Dans un extrême effort d'épanouissement,
Consomment sans relâche en l'éternel moment
Les mystères du saint hymen que symbolise
Ce Couple tout parfait, le Seigneur et l'Église!
Flammes de la Chaleur et rayons du vrai Jour,
Nous entrons dans le gouffre auguste de l'Amour;
Et nous sommes un des sourires de la Joie.
Mon sein qui brille s'offre à ton sein qui flamboie;

Homme et Femme toujours, mais à Dieu même égaux,
Dans l'âme et dans la chair chastement conjugaux,
Nous percevons enfin les délices complexes
De la communion angélique des sexes,
Et, livrés en esprit aux plaisirs de la chair,
Sous l'enveloppement d'un immuable éclair
Nous possède à jamais l'heureuse frénésie
D'être ceux qu'illumine, embrase et rassasie
L'Amour, soleil sacré, feu plus pur que le feu,
En qui brûle, au zénith de la sagesse, Dieu! »

Criant ainsi, le nain levait des bras augustes.
Sur les rocs écroulés, dans les branches d'arbustes,
Forme noire, il roula du haut de l'Abendthor,
Se perdit dans la nuit, se laissa voir encor,
De rocher en rocher, de racine en racine
Gagnant le faîte clair d'une côte voisine,
Mais, là, d'un bond si bref disparut à mes yeux
Que je crus qu'il s'était envolé dans les cieux!

13.

V

L'ACCOMPLISSEMENT

Voyageur, je quittai Francfort à l'improviste.
Bien des fois, en wagon, quand venait la nuit triste,
Morose et las, le front sur la vitre incliné,
Il m'advint d'évoquer le vieil illuminé;
Et, compagnons pensifs des nocturnes voyages,
Ses songes rappelés se mêlaient aux nuages.

Puis j'oubliai.

Six mois plus tard, quand je revins,
Il me restait de l'homme et de ses propos vains
Un souvenir pâli qui se brouille et s'efface.

Un matin, je rôdais près de la Judengasse,
Regardant les murs peints et les balcons de bois ;
A mon rêve, un instant, se mêlèrent les voix
De deux hommes causant sur le pas d'une porte.

Pressentiment furtif ou caprice, n'importe,
J'écoutai.

« L'aventure est vraie, et je la sais
Pour l'avoir lue hier dans les journaux français, »
Disait l'un.

Et voici ce que savait cet homme :

Près du pôle, au delà des pays que l'on nomme,
Dans un palais bâti sur de blanches hauteurs,
Seule, une femme, avec deux ou trois serviteurs,

Sans motif (le conteur ajoutait par folie),
Depuis trois ans s'était, vivante, ensevelie;
Et cette femme était fille d'un roi du Nord.
De sa paix différente à peine de la mort
Elle sortit un soir, ayant eu la pensée
De glisser en traîneau sur la neige glacée.
Promenade fatale. Elle ne revint pas.
Sans doute l'aquilon qui fouette les frimas
Et porte l'avalanche éparse dans son aile
Lui fit un blanc linceul de la neige éternelle.
Mais nul ne fait parler le vent sibérien,
Et de l'histoire, en somme, on ne connaissait rien,
Sinon le jour précis du départ de l'absente.
C'était le seize avril mille huit cent soixante.

Alors je me souvins du nain et le cherchai.

Je ne vis que le trou du hibou déniché,
Et j'appris que, défunt sans parents ni fortune,
Il était enterré dans la fosse commune.

Au cimetière, un homme, un jardinier, je crois,
Me guida, pour un peu d'argent, vers une croix.

Petite et de bois noir, ainsi qu'il est coutume
Pour les gens qu'à ses frais une paroisse inhume,
Elle penchait, oblique, entre quelques sapins.
Incliné, j'y pus lire en caractères peints :
« Hespérus, » la peinture étant encore récente,
Et, plus bas, « seize avril mille huit cent soixante ».

INTERMÈDE

A Henry Roujon.

NOTE BIBLIOGRAPHIQUE

Intermède a paru dans *les Poésies de Catulle Mendès* (Sandoz et Fischbacher, 1876), mais il ne contenait alors qu'un très petit nombre de pièces. Considérablement augmenté, il a formé le sixième des sept volumes intitulés : *les Poésies de Catulle Mendès*. (Ollendorff, 1885; Dentu, 1886.)

MATINÉE DE PRINTEMPS

Ce beau matin clair
Qui me renouvelle
Flambe-t-il dans l'air,
Ou dans ma cervelle?

Est-ce à l'orient
Que, rose et vermeille,
L'aurore en riant
Se désensommeille,

14

Ou bien se peut-il,
De mon âme éclose,
Que l'aube d'avril
Sorte en peignoir rose?

O soleil levant!
Telle est ta féerie
Qu'un esprit d'enfant
Qui se rapatrie

(Car la mort changea
En ailes les langes)
Pense être déjà
Dans le ciel des anges!

Sur l'herbe à couvert
Un rayon qui glisse
Met des lacs d'or vert,
Grands comme un calice,

Où, dans le clin d'œil
De son vol qui rôde,
L'hirondelle en deuil
Se teint d'émeraude.

Sur moi qui souffrais,
Sur la terre obscure,
Passe le jour frais
Qui nous transfigure ;

Soudain s'est enfui
Comme un vain décombre
Ce que j'eus d'ennui,
Ce qu'elle avait d'ombre.

Il monte à mon front
Que plus rien n'oppresse
Un réveil si prompt
De vie et d'ivresse.

Pareille aux haillons
D'un gueux de Morée,
De tant de rayons
Mon âme est dorée,

Je sens si vermeil
Et si chaud renaître
En moi le soleil,
Que moi seul peut-être

Dans l'air enchanté
Verse, épands, déploie
Toute la clarté
Et toute la joie!

Si le ciel est pur,
Si la fleur se pâme,
C'est de mon azur
Et c'est de ma flamme.

O printemps joyeux,
L'amoureuse fête
Des bois et des cieux,
C'est moi qui l'ai faite

Avec mes baisers
Épars dans la brise,
Qui guettent, rusés,
La dryade éprise,

Avec mon désir
Fou qui bat des ailes
Pour suivre et saisir
Le vol des oiselles,

Qui, dans les sablons,
Fait hennir les courses
Des chauds étalons,
Et, troublant les sources,

14.

Tandis que Phyllis
Fleurit sa corbeille,
Met au cœur des lys
Des frissons d'abeille!

L'amant aux aguets
Le long des venelles
Blanches de muguets
Et de pimprenelles,

Cherchant, cœur à jeun,
Parmi les rosées,
Un avant-parfum
De lèvres baisées,

Doit à la chaleur
De mon incendie
Les touffes en fleur
D'herbe reverdie.

Et mes feux vainqueurs
Ont le sortilège,
En brûlant les cœurs,
D'épargner la neige,

La neige des seins
Frémissants et pâles !
Sans peur des essaims,
Du vent ni des hâles,

Comme les lys hors
De leurs gaines vertes,
Éclosez, trésors
Des robes ouvertes !

Dans le bois charmant
De Meudon à Sèvres,
Où comme un amant
L'air tiède a des lèvres,

Qu'un voile égaré
Partout tremble aux branches,
Car j'ai préparé
Aux nudités blanches

Que l'or baise à flots
L'excuse ingénue
Des œillets déclos,
De la rose nue !

Pour l'enlacement
Éperdu des couples,
Sous l'abri dormant
Des lianes souples,

J'ai, de floraisons
Aux senteurs plus douces,
Fleuri les gazons,
Parfumé les mousses,

Et l'oiseau des bois,
Brûlé de mes flammes,
Ramage à mi-voix
Des épithalames!

Pendant que je ris
Et que rien ne pleure,
O chers cœurs épris,
Profitez de l'heure.

Ne vous bornez pas
A ces escarmouches
Qui mêlent les bras
Sans unir les bouches;

Dans l'enivrement
Dont je vous embrase,
Cueillez le moment
De l'entière extase;

Savourez, tandis
Que je vous convie,
Tout le paradis
Que permet la vie :

C'est pour peu d'instants
Qu'en ma froide brume
L'aube de printemps
Si belle s'allume,

Et dans ce cœur plein
De lumières roses,
Où sourit, câlin,
Le réveil des choses,

Dans ce cœur si clair
Dont la joie invite,
La nuit et l'hiver
Reviendront bien vite !

LES PRINCESSES

Du fond noir de nos rêveries,
A travers les doux lointains bleus,
Nous les voyons dans les féeries
D'un paradis miraculeux !

Leur dédain rêveur s'y balance
Avec l'orgueil des lys hautains
Dans la pourpre et la nonchalance
Majestueuse des satins.

Elles sont, les augustes belles,
Si près du ciel, si loin de nous
Qu'une blanche nue autour d'elles
Semble des anges à genoux;

Et l'œil, en pénétrant les voiles
Où resplendit leur nimbe ardent,
S'imagine voir des étoiles
Qui sont des femmes cependant.

ÉLOGE DU RIRE

Sous tes cheveux que désunit
Ton souffle odorant qui les frôle,
Tes petits rires sont un nid
De fauvettes dans un grand saule.

Pourquoi tu ris? on ne sait pas.
Mais qui donc prend souci des causes
Pourquoi fleurissent les lilas
Et pourquoi fleurissent les roses?

D'ailleurs, s'il faut une raison,
Les fleurs de tes rideaux sont faites
Très certainement de façon
A te mettre le cœur en fêtes.

On ne sait pas tout ce que peut
Donner de gaîté naturelle
La chanson du toit quand il pleut,
Le cri des vitres quand il grêle.

Toi tu ris : l'émail apparait
De tes dents petites et sûres,
Dents de louve, où sommeillerait
La méchanceté des morsures.

C'est très bien. Le rire charmant
A la tendresse et l'ironie ;
Il est le doux consentement
Et l'opposition bénie.

C'est lui qui répond : Je veux bien,
Sur les lèvres encor mi-closes
De celles qui ne savent rien
Des épines sinon les roses;

Et c'est lui que, sans repentirs,
Aux durs ceps, à la lampe ardente,
Jettent, superbes, ô martyrs,
Vos bouches que le fer édente!

Ris encore, femme au cœur bon,
Candeur que la gaîté dénonce,
Ris à l'ange, ris du démon,
Comme au lys, comme de la ronce;

Nos esprit en d'obscurs réseaux
Subissent la prison charnelle,
Et les âmes ne sont oiseaux,
O doux rire! que par ton aile.

LES DEUX PAGES

Celle que mon culte environne
Et que mes vers déifiront
Serait reine si la couronne
Suivait la royauté du front.

Reine qu vilaine, elle a deux pages,
.Frères de celui qu'envia
Pour en orner ses équipages
Obéron à Titania.

L'un, hardi, preste, avec l'œil tendre,
Soie écarlate et brocart bleu,
Est vif comme la salamandre
Qui crépite aux pointes du feu.

C'est lui qui m'introduit près d'elle
Dans cette chambre aux rideaux sourds
Où de silence et de dentelle
Est fait le nid de nos amours.

L'autre languit, pâle; on voit pendre
La plume de son feutre gris;
Sur son pourpoint couleur de cendre,
Il croise des bras amaigris.

C'est lui qui m'attend à la porte,
Au retour des cruels matins,
Et qui, d'un pas tardif, m'escorte
Sous le ciel plein d'astres éteints.

15.

Différents d'habits, de visages,
Tel est leur office discret;
Et l'on appelle ces deux pages,
L'un, Désir, et l'autre, Regret.

A CELLE QUE JE N'AIME PAS

Ta nuque est de santal sous de vifs frisons d'or,
    Mais c'est une autre que j'adore !

Tes yeux de vermeil vert sont les coupables ciels
    Des amours artificielles;

Sous tes cils bruns se creuse un pli bruni de k'hol
    Où nos désirs vont à l'école;

Avec l'air d'un naseau qui hume le péril
    S'enfle ta narine virile ;

Ta bouche étroite et grasse, et rouge, au coin levé,
    Est comme une fraise crevée ;

Et ton orgueil se rit des pudeurs et du cant,
    Mondaine aux ardeurs de bacchante !

Des visions de bouge et d'étrange sérail
    Allument ton cœur sous la faille,

Ton cœur, enfer plus chaud que les feux démodés
    Des Iblis et des Asmodées !

Mais tout lasse, et tu sais revêtir la pudeur,
    Domino rose, pour une heure.

Ton boudoir est voisin du confessionnal,
    Car enfin l'orgie est banale.

Dévote aux doigts mignons dégrafant le missel,
    Ta traîne à l'église ruisselle.

Dans ta robe très close, œuvre austère de Worth,
    Où la tentative avorte,

Pendant l'*Agnus*, n'importe, ou le *Requiescat*,
    Tu t'agenouilles, délicate.

L'encens s'imprègne, au nez des roses Keroubims,
    De tes veloutines intimes,

Et, dans cette nuée exquise de pollen,
    Jésus soupire : « Madeleine ! »

Pourtant, si rare et si parfaite que tu sois,
    Dans une autre, j'ai mis mes joies !

Le long des bois mouillés, selon l'antique rit,
    Elle effeuille la marguerite ;

Elle guette les pas légers ou le vol bleu
    Du pivert ou du hoche-queue;

Attentive, et poussant une aiguille du dé
    Dans la mousseline brodée,

Si fraîche qu'on eût dit la sœur du mois d'avril
    Avec sa grâce puérile,

Et portant un ruban bleu-de-ciel en sautoir
    Comme dans l'ancien répertoire,

Je l'ai trouvée, au bord du vivier, dans le parc.
    Vous filez mes jours, douce Parque!

Pour toujours, au péril de n'avoir pas bon air,
    — J'aime cette pensionnaire,

Et j'aurais la folie heureuse de mourir
    Pour obéir à son sourire!

On m'a conté qu'un jour Jean-Baptiste Lulli,
 Roi des violons d'Italie,

Après ses Galaors, après ses Amadis,
 Tout pleins d'énervantes blandices,

De son âme longtemps tourmentée a banni
 L'art de la perverse harmonie,

Ayant ouï, le soir, à l'heure où sur le pré
 Glisse l'ombre de la vesprée,

Plus doux qu'une aria de viole ou de luth,
 Dans le brouillard, un air de flûte !

———

A JACQUES MADELEINE

Arthus, le roi des belles îles,
Au son des trompes et du cor,
Après dix siècles chasse encor
Chargé de flèches inutiles.

Bien qu'il sue et geigne d'ahan
A travers le hallier farouche,
Le damné ne prend qu'une mouche
Ou qu'une guêpe une fois l'an !

La chasse où nous perdons haleine
Ressemble à celle du vieux roi ;
Et c'est notre commune loi,
Bon apprenti, cher Madeleine,

De n'avoir pour prix des revers
Et du long deuil qui nous tourmente
Qu'une frêle rime charmante
Qui bat de l'aile au bout d'un vers.

L'AMAZONE

Pourquoi j'ai l'air triste, mignonne,
Et rêve, le front dans la main?
Parce qu'une ronce, en chemin,
S'est frôlée à votre amazone.

Ceux qui ne voyagèrent point,
A deux, par des routes tournantes,
Ignorent vraiment à quel point
Les ronces sont entreprenantes.

Le houx luisant, le clair genêt,
Gardent un maintien convenable,
Mais les aubépins! il en est
Dont l'audace est insoutenable;

Et j'estime que ces fripons
Ont mérité qu'on les arrête
Pour détournement de jupons
Et pour viol de collerette.

LA CHANSON DU JEUNE HIVER

Musette a quitté Marlotte,
Tata revient de Luchon ;
Le jeune hiver qui grelotte
Dit, les mains dans son manchon :

« Grâce à moi, le muguet gèle
Dans les prés où jasait l'eau ;
Mais je fais fleurir Angèle
Et se rouvrir Piccolo !

Les fleurs sous mon ciel morose
Sont plus belles qu'à Tiflis ;
Car j'ai pour lys et pour rose
Jeanne Rose et Marthe Lys.

Sur les galets durs des plages
Couraient depuis floréal
Les chers petits pieds volages
De Réjane et de Rhéal.

Encor que l'on se dévête
Pour ces jeux désapprouvés,
Berthe pêchait la crevette
Hélas ! avec des crevés.

Près des alpestres auberges,
Sous le pin qui comme un jonc
Ploie, Hortense, aux neiges vierges
Disait, rêveuse : « Et moi donc ! »

Georgina, pour faire pièce
Au vieux général mandchou
Qui lui dit tout haut : Ma nièce,
Et, plus bas, lui dit : Mon chou,

Présentait d'un air honnête
A ce héros avachi
Un vicomte, clarinette
De l'orchestre de Vichy !

Et celles qu'à trois cents lieues
N'emportaient pas les express
Vers les pics ou les eaux bleues
De Bagnère ou d'Inverness,

Narguant les amours anciennes,
Dans leurs boudoirs camaïeux
Souriaient, Parisiennes,
A d'exotiques Mayeux !

Pour d'affreux Mexicains maigres
S'ouvraient des bras potelés;
Oh! ces blanches à ces nègres,
Le soir et l'aube accouplés!

Adèle au teint polychrome
Sous le fard n'eût pas rougi
De lever à l'Hippodrome
Le roi des îles Fidji.

Avant que je reparusse
Bréda s'offrait à Siam;
Cora s'écriait : O Russe,
Quando te aspiciam!

Et n'importe quel bancroche,
Pourvu qu'il vînt de Moscou,
Put obtenir que Ninoche
Lui mît les deux bras au cou!

Mais, loin de nos Rosalindes,
Après quelque dernier don,
Le rajah part pour les Indes,
Le boïard fuit vers le Don ;

Du cirque de Gavarnie
Aux gigantesques gradins,
Nina, Ninette et Ninie
Retournent vers vous, gandins !

Laissant la cime et les nues,
La grève et les galets nus,
Elles songent, revenues,
Messieurs, à vos revenus.

Et, tandis que dans l'alcôve
Où la blancheur des nénés
Près du bras est un peu fauve,
Indulgents, vous pardonnez

Aux Nanas Iscariotes,

On entend, sous le drap fin,

Les sommiers, ces patriotes,

Soupirer dans l'ombre : « Enfin! »

CHANSON

Si ton front est comme un roseau
Qui s'effare dès qu'un oiseau
    Le touche,
Mon baiser se fera moins prompt
Pour ne pas étonner ce front
    Farouche !

Si tes yeux, ces lacs lumineux,
N'aiment pas qu'un soir triste en eux
    Se mire,
Pour ne pas assombrir tes yeux,
Je prendrai le masque joyeux
    Du rire !

Mais si ton cœur las est pareil
Au lys qui, brûlant au soleil
    Ses charmes,
Penche, de rosée altéré,
Sans feindre, hélas ! j'y verserai
    Des larmes

PENDANT L'ATTENTE

C'était entre les deux allées,
L'une de houx, l'autre d'ormeaux ;
Je l'attendais sous les rameaux
Tout pleins de querelles ailées.

Pour charmer l'attente craintive,
Je m'étais avisé d'un jeu :
« Je croirai qu'elle m'aime un peu,
« Si le long des houx elle arrive ;

« Mais si, toute rose d'aurore
« Comme la nue où le jour naît,
« Sous les ormeaux elle venait,
« Oh! ce serait qu'elle m'adore!

« Aucun sort ne vaudrait le nôtre
« S'adorer, c'est être divins. »
Hélas! mignonne, tu ne vins
Ni par un chemin, ni par l'autre.

NID D'HIVER

Il m'en souvient! T'en souviens-tu?
Ce fut une heure tendre et douce.
Vous vous taisiez, je m'étais tu,
Oiseaux endormis dans la mousse.

La mousse de ce nid charmant
Était de soie et de dentelle.
On y trépassait en s'aimant.
Tu te souviens! Je me rappelle.

Nos bras, avec cette langueur
D'un lierre qui se désenlace,
S'abandonnaient, pour que ton cœur,
Ce cher cœur d'amoureuse lasse,

Pût battre, libre, sous le sein
Où frémit, s'élève, s'abaisse
Et se bombe comme un coussin
Ta chair de jeune et grasse abbesse.

Et, pendant que nous nous taisions,
Ayant trop de choses à dire,
Jaloux de nos effusions,
Avares de notre délire ;

Deux pauvres petits passereaux,
Sur le balcon aux maigres plantes,
Regardaient, le bec aux carreaux,
Se pâmer nos tendresses lentes,

Et, — croyant les jours revenus,
Les jours d'avril où nous nous plûmes, —
Tout fâchés de n'être point nus,
Ne pouvaient que mêler leurs plumes !

LES CHEVEUX DE DALILA

Je suis vaincu. Je sens que mon âme est captive
Dans tes cheveux, prison si grêle, aux grilles d'or.
Je me résigne et veux humilier encor
Dans plus d'abaissement ma liberté native.

Lorsque tes longs cheveux s'épandent sous le peigne,
Ma pensée avec eux s'écoule en ruisseaux droits ;
Et si tes cheveux d'or sont rouges par endroits
C'est que mon cœur parmi ta chevelure saigne.

17.

Tout serait faux en moi si tu portais perruque ;
Je sens mon rêve épars dans tes crêpés vainqueurs
Suivre l'hélice d'or de tes accroche-cœurs,
Et mon désir mousser aux frisons de ta nuque.

Si mon vers sème l'or avec des airs de prince.
C'est que ta tête fière a de fauves éclats ;
Mais si tu te coiffais jamais en bandeaux plats
Je chanterais la paix d'un amour en province.

LE RÊVE DE TANTALE

Je rêve de vous ! Vos cheveux
Mêlent de l'aurore à mon rêve ;
Dans la nuit clémente à mes vœux
Le soleil, grâce à vous, se lève.

Ta lèvre où sont tous les parfums,
Tes yeux où sont toutes les flammes,
Je les vois, et tes longs cils bruns,
Ces pièges à prendre les âmes ;

Et le cher collier de mon cou,
La ceinture si bonne à ceindre,
Tes bras! qui m'enseignent jusqu'où,
Sans expirer, on peut s'étreindre;

Et tes seins où ma longue ardeur
S'allume à la fois et s'apaise,
Car la neige de leur rondeur
S'achève en deux pointes de braise;

Et, sous le ventre au fin duvet,
Où le nombril semble un camée,
La bouche ineffable que vêt
Une touffe d'or embaumée.

Hélas! le beau fantôme nu,
Quand je veux l'enlacer, me glisse
Entre les bras, et j'ai connu,
O vieux Tantale! ton supplice.

Mais je souris. Demain viendra
Avec sa réalité douce,
Et Tantale te videra,
Chère coupe où le plaisir mousse !

CALLIGRAPHIE

Barbare sous mon air câlin,
— Beaucoup moins que toi qui me tues ! —
J'ose imprimer mes dents pointues
Dans ta peau qui semble un vélin.

La longue pression te cause
Un mal de plus en plus mordant ;
Et, dans les creux, sous chaque dent,
Ton sang vient comme une encre rose.

Quand ma bouche s'écarte enfin,
Çà et là, sur le vélin tendre,
On voit rougir, bleuir, s'étendre
Comme des lettres au trait fin.

Font-elles des mots qu'on ignore,
Turcs peut-être, peut-être hébreux?
Dans la langue des amoureux
Ils veulent dire : « Je t'adore! »

TRIPTYQUE

I

AGAPE CARDINALE

Eau-forte

Dans la salle claustrale, énorme, aux bas arceaux
(La règle stricte étant le jeûne et le silence),
Cent prélats, bruyamment, vautrent leur corpulence
Devant de grands quartiers de bœufs et de pourceaux.

Rubiconde, aux cheveux pareils à deux ruisseaux
D'or rouge, aux lourds seins nus dont l'ampleur se balance,
Théodora dans sa bestiale indolence
Leur étale son corps en glorieux monceaux.

Eux donc, le Diable ayant l'Église pour convive,

Flairent la victuaille et hument la peau vive.

Lequel choisir des deux péchés qui leur sont chers?

Ils craignent qu'un plaisir de l'autre ne les sèvre,

Et par le doute impur qui leur crispe la lèvre

S'accroît leur double faim des viandes et des chairs.

II

DÉJEUNER SOUS LES BRANCHES

Sanguine

Avec Dorimène ou Zerline

Est-ce Léandre ou Lélio

Qui suce du rosolio

Dans une flûte mousseline?

18

Comme un bouton de rose blanche
S'ouvre un corset de fin linon.
« Ah ! dit l'amant, suis-je de planche ?
— Et moi ? » dit-elle. On voit que non.

Mais, pendant qu'ils passent les bornes,
Sort des branches, tout ahuri,
Un front si bien pourvu de cornes
Que c'est le Diable, ou le Mari !

III

UN COIN DU JARDIN AU PRINTEMPS

Aquarelle

La fleur a bien sujet d'éclore,
Le ciel n'est pas bleu sans raison,
Car c'est l'avril et c'est l'aurore ;
L'heure complique la saison.

Toutes les lèvres longtemps closes
Ont des souffles délicieux;
Le parfum des nouvelles roses
Monte dans l'air des jeunes cieux.

L'azur clair bleuit le vert tendre
Des arbustes adolescents
Où le vent léger rit d'entendre
Les querelles des nids naissants.

Mêlant au vif réveil des ailes
Leur bruit furtif et palpitant,
Les zéphires sont des gazelles
Qu'on ne voit pas, mais qu'on entend.

Parmi l'herbe et les minces lattes
Des iris verts, sous un bouleau,
Quelques pivoines écarlates
Se mirent dans le bleu de l'eau.

L'éclat de leur beauté sanglante,
Reflété par l'onde, y pâlit,
Comme une amour très violente
Dans le souvenir s'affaiblit ;

Et vers le fond clair d'une allée,
Où s'allume un brouillard tremblant,
Passe, figure long-voilée,
Un Espoir habillé de blanc.

CHAINE BRISÉE

Cette petite chaîne d'or,
Si précieuse et tant baisée,
Prodigue de mon seul trésor,
C'est moi-même qui l'ai brisée.

Elle est là, triste. Par chaînons
Désunis elle rampe, et semble
Former les lettres de deux noms
Qu'un hasard jaloux désassemble.

18.

Hélas! tous les anciens serments
Que je romps et qu'Elle dédaigne,
Avec tous les déchirements
De mon cœur en lambeaux qui saigne,

Et l'horreur des Édens perdus
Et l'obscurcissement de l'astre
De qui les rayons m'étaient dus,
Tiennent dans ce petit désastre!

CHANSON POUR JEANNE

Puisque les roses sont jolies
Et puisque Jeanne l'est aussi,
Tout fleurit dans ce monde-ci ;
Et c'est la pire des folies
Que de mettre ailleurs son souci,
Puisque les roses sont jolies
Et puisque Jeanne l'est aussi.

Puisque vous gazouillez, mésanges,
Et que Jeanne gazouille aussi,
Tout chante dans ce monde-ci ;
Et les harpes saintes des anges
Ne feront jamais mon souci,
Puisque vous gazouillez, mésanges,
Et que Jeanne gazouille aussi.

Puisque la belle fleur est morte,
Morte l'oiselle, et Jeanne aussi,
Rien ne vit dans ce monde-ci ;
Et j'attends qu'un souffle m'emporte
Dans la tombe, mon seul souci,
Puisque la belle fleur est morte,
Morte l'oiselle, et Jeanne aussi.

INSOLVABILITÉ

Je voudrais t'offrir, ô maîtresse,
Un bonheur qui pût à la fois
Te rendre en une seule ivresse
Tous les bonheurs que je te dois.

La richesse? hélas! je n'ai guère
Que les étoiles pour trésor,
Et je combats dans une guerre
Où le butin n'est pas de l'or.

Puis tu dédaignes les orfèvres,
Toi qui peux, joyau radieux,
Dire au corail : « Voyez mes lèvres, »
Aux diamants : « Voyez mes yeux. »

La gloire? hélas! cette couronne,
Sans doute, je ne l'aurai pas,
Et puis, sans que je te la donne,
O cher front, tu la porteras.

Savons-nous, d'ailleurs si la fête
D'être un grand nom sonore et clair
N'a rien d'effrayant? Être un faîte,
C'est tenter la foudre et l'éclair.

Ah! maîtresse, il est une joie
Qui m'acquitterait pleinement;
Le corps s'y fond, l'âme s'y noie;
Délice terrible et charmant!

Mais pleure! ce bonheur prodige,
Jamais tu ne le connaîtras;
Car c'est être, (pleure, te dis-je!)
Être moi-même entre tes bras.

APRÈS LE BAIN

Sous le grand ciel lisse
L'océan se plisse
Comme un beau camail
Lamé d'émail.

Ta nudité blanche,
Bras, épaule, hanche,
Surgit lentement
Du flot dormant.

Mais la malakite
Fluide ne quitte
Ton jeune sein pur
   Qu'en pleurs d'azur,

Et l'onde où nous fûmes
Argente d'écumes
L'or des sables bionds,
   Sous tes talons.

Oh ! dis-moi que l'onde
N'est pas si profonde
Ni si pur, le jour,
   Que ton amour !

Vois aux lointains troubles
Fuir ces voiles doubles
Que pousse en avant
   Le même vent,

Et dis-moi : « Comme elles,
Nos âmes jumelles
Vont d'un vol uni
    Vers l'infini ! »

L'eau monte et caresse
Comme avec tendresse
De ses flots menus
    Tes chers pieds nus.

Reste à cette place
Où t'a mise, lasse,
Le flux qui roulait
    Ton corps de lait.

Mon baiser qui frôle
Ton humide épaule,
Plus chaud que la mer,
    N'est pas amer.

Rappelle-toi l'heure
Du bonheur qui pleure
Où tu soupiras
   Entre mes bras.

L'eau verte prolonge
Son étreinte, songe
Aux enlacements
   Des soirs aimants,

Lorsqu'à ton oreille
Ma voix est pareille
Au bruit haletant
   Du flot montant !

La vague plus haute
Crie, écume, saute,
Comme un chien jaloux,
   Sur tes genoux.

Frileuse, arrosée
Par l'âpre rosée,
Tu dis : « Viens plus près !
    Car l'air est frais. »

Je souris. Tu penses
Que les transparences
De tes yeux subtils
    Ont leurs périls...

Mais d'un bond s'élève
Le flot sur la grève
Jusqu'à diviser
    Notre baiser.

Ah ! chère inhumaine,
Tu ris ? Je t'emmène.
Les bois ténébreux
    Sont amoureux !

ODELETTE INTIME

Lorsque ta pudeur, déliée
Des ceintures aux nœuds troublants,
Descend de ta hanche pliée,
En frisson rose, à tes pieds blancs;

Lorsque, vaincue, abandonnée
Aux ruses à ma lèvre en feu,
Tu t'enivres d'être damnée,
Et te plains de l'être trop peu;

19.

Lorsqu'enfin dans ta gorge heureuse,
Moite et se gonflant de désir,—
J'entends roucouler, rauque et creuse,
La tourterelle du plaisir;

Sais-tu, chère âme, à quoi je songe,
Oui, même à l'heure où tout est vain
Sinon de sentir qu'on se plonge
Dans la nuit d'un enfer divin,

Je songe (candeur reparue
De notre printemps enchanté!)
Au premier baiser, dans la rue,
Sur votre petit doigt ganté.

L'ENFANT ET L'ÉTOILE

Un astre luit au ciel et dans l'eau se reflète.

Un homme qui passait dit à l'enfant-poète :
« Toi qui rêves avec des roses dans les mains
Et qui chantes, docile aux hasards des chemins,
Tes vains bonheurs et ta chimérique souffrance,
Dis, entre nous et toi, quelle est la différence ?

— Voici, répond l'enfant. Levez la tête un peu ;
Voyez-vous cette étoile, au lointain du soir bleu ?

— Sans doute !

      — Fermez l'œil. La voyez-vous, l'étoile ?

— Non certe. »

    Alors l'enfant pour qui tout se dévoile
Dit en baissant son front doucement soucieux :
« Moi, je la vois encor quand j'ai fermé les yeux. »

———

CHANSON

Je veux, sur un rhythme léger
Comme un parfum de fleurs nouvelles,
Dire les fleurs de l'oranger
Et ton sein plus parfumé qu'elles.

Je veux, sur un rhythme soyeux
Comme une soie où le jour glisse,
Dire les satins précieux
Et ta peau plus fine et plus lisse.

Je veux, sur un rhythme envolé
Comme une aile musicienne,
Dire la caille dans le blé
Et ta chanson qui vaut la sienne.

Je veux, sur un rhythme poli
Comme un lac où le ciel se double,
Dire le lapis-lazuli
Et tes yeux purs que rien ne trouble;

Et, sur un rhythme féminin
Comme la vipère onduleuse,
Dire l'aspic et son venin
Et ta douceur, mon amoureuse!

ELLE SEULE

J'ai vu fleurir le sourire
    D'une lèvre en mai!
Je ne mourrai pas sans dire
    Que je fus aimé.

Que l'œil en pleurs d'une vierge,
    Détourné du ciel,
A lui sur moi comme un cierge
    Qui s'écoule en miel,

Qu'une odeur de clématite
    Me suit en chemin,
Pour avoir touché, petite
    Et pâle, sa main,

Que j'ai connu, par la grâce
    De sa bouche en fleur,
Une ivresse qui terrasse
    Comme une douleur,

Et qu'au fond du minuit sombre
    Où j'eus peur souvent,
Demandant le jour à l'ombre
    Et ma route au vent,

Enfin j'ai baisé l'aurore
    Sur un front doré,
Après l'avoir dit encore,
    Je le redirai!

La juvénile chimère
    D'un renom lointain
S'envole dès le brumaire
    De notre destin.

Puisque, tous, l'ennui nous parque
    Dans son vil giron,
A quoi sert d'être Pétrarque,
    Gœthe ou Caldéron?

Votre fierté s'habitue,
    Dante, et vous, Bembo,
A l'espoir d'une statue
    Sur votre tombeau.

Elle vous laisse, la Gloire,
    Ce qu'il reste encor
De soif à qui vient de boire
    De l'air dans de l'or;

20

Et vous faites peu d'estime,
Vieux convives las,
De cette coupe sublime
Qui ne grise pas!

Même les belles musiques
Aux sons tout-puissants,
Qui donnent, hyperphysiques,
Une âme à nos sens,

Et même les vers augustes,
Purs et triomphants
Comme des râles de justes
Et des voix d'enfants,

Si fiers que, dans les batailles,
O vaincus d'hier!
Le clairon des représailles
Jette un cri moins fier,

Si doux que sous les charmilles
  Les futurs époux,
Jeunes hommes, jeunes filles,
  Ont des pleurs moins doux,

Évoquent en vain les flammes
  Des jours révolus,
Dans les cendres de nos âmes
  Où rien ne luit plus !

Mais une exquise lumière,
  O ma seule amour !
En glissant de ta paupière
  Fait partout le jour.

Si tu dis une parole,
  Mon cœur, triste et vieux,
Est plus gai que la corolle
  Des œillets joyeux !

Ta voix est le chant d'un ange
　　Sur terre proscrit,
Et me met, délice étrange,
　　Du ciel dans l'esprit!

Que me parle-t-on des gloires?
　　Qu'ils gardent pour eux
Les travaux et les victoires!
　　Je suis amoureux.

Après les instants funèbres
　　Des derniers adieux,
Où l'homme a peur des ténèbres
　　Et doute des dieux,

Sur ma tombe où les couleuvres
　　Mêleront leurs nœuds,
Au lieu du vain nom des œuvres
　　Que le temps haineux

Abolit, souille, ou déforme,
    Gravez seulement,
Afin qu'à jamais je dorme
    Un rêve charmant,

Gravez le cher nom de celle
    Qui m'aima, le nom
De l'enfant qui, chaste et belle,
    Ne m'a pas dit non!

Pièces Datées

ODELETTE GUERRIÈRE

(DÉCEMBRE 1870)

Si j'ai la mine un peu hautaine
En ces jours de deuil et d'horreurs,
C'est qu'on l'a nommé capitaine
Dans un bataillon d'éclaireurs.

Ma meilleure amie en enrage :
Son mari n'est que caporal.
Mais je souris du commérage
Avec un dédain martial.

Il est parvenu sans entrave
A ce haut point d'avancement
Parce qu'il était le plus brave,
Comme il était le plus charmant.

Certes, quand il a pris les armes,
J'avais le cœur bien anxieux ;
A force de verser des larmes,
J'ai rougi le bord de mes yeux ;

Mais, n'importe, j'ai dit : « Qu'il parte! »
Bien que née au quartier d'Antin,
J'ai le cœur des femmes de Sparte
Sous mon corsage de satin.

Quoiqu'il me laissât éplorée
Et craignant de ne plus le voir,
J'étais fière d'être adorée
De qui préférait son devoir.

Puis il porte avec tant de grâce
L'uniforme aux belles couleurs,
Où son grand sabre s'embarrasse,
Qu'il faisait sourire mes pleurs.

Au képi rouge qu'on incline
D'un air vainqueur, sur le côté,
J'ai cousu moi-même, câline,
Le triple filet argenté.

En me donnant des airs farouches
Mais qui demeuraient élégants,
J'ai touché ses noires cartouches,
Sans avoir peur, du bout des gants;

Et lui, qui part pour les armées,
Riait de mes airs aguerris,
En baisant mes mains parfumées
De poudre et de poudre de riz.

J'aurais été jusqu'à le suivre,
Vivandière, s'il eût fallu,
Et prête à ne pas lui survivre!
Le jaloux ne l'a pas voulu.

Il objectait qu'au corps de garde
Les gens tiennent des propos fous,
Et que, belle, on vous y regarde
Parfois avec des yeux trop doux.

Mais je n'ai pas peur qu'il m'oublie,
Car il a du moins emporté
Un portrait où je suis jolie
Et qu'il ne trouve pas flatté.

D'une périlleuse aventure
Plus d'un revint sauf et vainqueur,
A cause d'une miniature
Ferme entre la balle et le cœur.

Reviendra-t-il? heures affreuses!
La canonnade est sans pitié
Pour les plaintives amoureuses
Que son bruit seul tue à moitié.

Dieu! si quelque jour à ma porte.
S'arrêtait, présage accablant,
La triste voiture qui porte
Une croix rouge sur fond blanc!

Le front pâle, la lèvre inerte
Et l'œil clos comme lorsqu'on dort,
Si, par la portière entr'ouverte,
Il m'apparaissait mourant, mort!

Tu mens, tu mens, chimère noire,
Qui me tortures trop souvent!
Au jour joyeux de la victoire.
Je le reverrai bien vivant,

Fier de son poudreux uniforme
Et m'apportant, présent exquis,
Quelque casque prussien, énorme,
Que sa valeur aura conquis !

Je mettrai cet objet morose
Dans le boudoir aux rideaux sourds
Où de silence et d'ombre rose
Est fait le nid de nos amours.

Lourd devant la glace légère,
Le faîte égayé d'un pompon,
Il ornera mon étagère
Entre deux vases du Japon.

Et, pour humilier la guerre
Dont j'eus le cœur si tourmenté,
Dans ce casque effrayant naguère,
Maintenant contrit et dompté,

Nous cacherons les amulettes
De notre amour, billets, cheveux,
Et le bouquet de violettes
Qui t'a fait mes premiers aveux !

COMPLIMENT AU GRAND-PÈRE

(26 FÉVRIER 1881)

Nous sommes les petits pinsons,
Les fauvettes au vol espiègle,
Qui viennent chanter des chansons
    A l'aigle.

Il est terrible, mais très doux!
Et, sans que son courroux s'allume,
On peut fourrer la tête sous
    Sa plume.

Nous sommes, en bouton encor,
Les fleurs de l'aurore prochaine
Qui parfument la mousse d'or
   Du chêne.

Il lutte avec les vents hurleurs,
Mais sa peur, sous l'assaut du gouffre,
C'est qu'à ses pieds l'une des fleurs
   N'en souffre.

Nous sommes les petits enfants
Qui viennent, gais, vifs, heureux d'être,
Fêter de rires triomphants
   L'ancêtre.

Si Jeanne et Georges sont jaloux,
Tant pis pour eux, c'est leur affaire...
Et maintenant, embrassez-nous,
   Grand-père!

L'ENFANT ET L'ÉTOILE

(27 FÉVRIER 1882)

Dans un seau d'eau noir et très clair
Un enfant voyait une étoile
Qui, toute petite, avait l'air
D'un beau diamant sous un voile.

« Ah ! cria l'enfant, je la veux ! »
Et, dans la jupe maternelle,
Tout en pleurs, il prit aux cheveux
Et cassa son polichinelle.

Victor Hugo passait, très doux.
Il considéra le désastre
Et dit : « Pourquoi refusez-vous
A ce petit garçon cet astre? »

La mère dit : « Je ne peux pas,
Comme les fleurs de ma fenêtre,
Cueillir Mars ou Vénus, là-bas...
— Attendez un peu », dit le Maître.

Il alla trouver le bon Dieu
Qui pour tente a la belle toile
De l'immense firmament bleu,
Et lui dit : « Donnez-moi l'étoile.

— Je ne peux pas, dit le bon Dieu ;
Cela me créerait des affaires :
Chaque astre est une note en feu
Dans le concert parfait des sphères! »

Victor Hugo, musicien
Sans passion, dit : « Père unique,
On ne s'apercevra de rien
Dans l'immense boîte à musique.

Et c'est pour un petit enfant !
— Me la rendra-t-il? — Certe ! — Intacte?
— J'en réponds. » Le Maître, au levant,
Cueillit l'étoile après ce pacte,

Et vers l'enfant pressant le pas
A travers les divins espaces,
«'Tiens! » lui dit-il, et puis, tout bas :
« Dis que c'est moi, — si tu la casses! »

LE 14 JUILLET

I

En chemise, et son fin pied rose
Entré dans la mule à demi,
Rose met à la vitre close
Ses yeux voilés d'avoir dormi.

Pleuvra-t-il? Sur les cheminées
Où les moineaux cessent leurs jeux
Pèsent les brumes rechignées
D'un morne matin orageux.

En voyant les nuages ternes,
Lourds comme d'immenses flocons,
Rose, triste, songe aux lanternes
Vénitiennes des balcons.

Il pleuvra! Les guirlandes frêles
Dont l'eau ternit les fins papiers
Pendront comme les belles ailes
De mille oiseaux estropiés.

Sous le vent et les larges gouttes,
Ballons rouges, vivantes fleurs,
Vos clartés se faneront toutes
Comme des yeux mouillés de pleurs!

Et le chapeau frais, idyllique,
Tout muguets, que tu fis charmant
Pour honorer la République
Et pour mieux plaire à ton amant;

Sur ta blonde tête odorante,
Pauvre Rose au cœur déchiré,
Sera comme la fleur mourante
D'un féerique arbuste doré !

Il te monte aux yeux une larme ;
Mais l'amant vient, à pas de loup,
Et sur l'œil mouillé qui le charme
Il met sa lèvre, tout à coup !

Puis d'un doigt où brille la bague
Que tu lui donnas, l'autre été,
Il te montre une lueur vague
Dans le ciel de brume ouaté.

Le toit d'en face s'ensoleille,
Et voici — c'est bientôt midi —
Que l'immense gloire vermeille
De la lumière a resplendi !

Pendant que l'amoureux vous baise,
Et vous baise, et vous baise encor,
Lèvres où murit une fraise,
Cheveux où s'allume de l'or,

Rose, au chapeau frais, idyllique,
Tout muguets, qu'elle fit charmant
Pour honorer la République
Et pour mieux plaire à son amant,

Songe dans son âme charmée,
Et, renversant la tête un peu,
Sous le jour et l'amour pâmée,
Sourit au souriant ciel bleu !

II

Vers les Chatous et les Versailles
Où les gargotes par milliers
Pourraient mettre sur leurs murailles
Cette enseigne : « A la Brinvilliers ! »

Vers la plage où, dans les flots rudes
Que tourmentent les vents corneurs,
Les plus belles et les plus prudes
Estiment les bras des baigneurs;

Et vers les casinos alpestres
Où les dupes taillent un bac
Tandis que d'infâmes orchestres
Pleurent les polkas de Farbach ;

O gandins, gommeux et cocottes,
Gens de Longchamps ou du Grand Prix,
Faux grands seigneurs, fausses mascottes,
Hylang-hylang, poudre de riz ;

Prenez les trains ou les voitures
Selon les lieux où vous irez ;
Je vous accorde les fritures
Et la rive et les monts sacrés !

Mais moi, parmi la foule heureuse
Qui rit et chante sans repos,
Je vais avec mon amoureuse
Sous les lueurs et les drapeaux.

J'ai la force d'aimer la foule
Effrénée, avec ses grands cris :
Étant la mer, elle a la houle ;
Elle a la joie, étant Paris !

Sous les flottantes arrogances
Des drapeaux, brillez, lampions !
La République a ses vacances ;
A bas la classe ! à bas les pions !

Mon balcon reluit comme un rose
Incendie où brûlent des fleurs ;
Être morne, c'est de la prose ;
Je mets en vers les trois couleurs !

Rose, ma mignonne, est à l'aise
Dans le fracas des carrefours ;
Elle chante la *Marseillaise*,
Je dis : « Je t'aimerai toujours. »

Elle est patriote et jolie,
Grave sous sa blonde toison ;
Avec la déesse Folie
On fait la déesse Raison.

Sur les pavés, aux cris du cuivre,
Dans le forcené tournoîment
De la foule heureuse de vivre,
Nous valserons éperdument,

Étonnant de la joie humaine
Le ciel auguste plein de feux
Qui, sous la chandelle romaine,
A des astres verts, d'or, et bleus !

Puis, las enfin, dans notre chambre
Chaude et pleine de doux attraits,
Où tes vingt ans font un décembre
De neige rose et de lys frais,

Nous rentrerons, âmes ravies,
Et tandis que, dans nos chers draps,
Mêlant nos cœurs, mêlant nos vies,
Je m'étendrai, tu t'étendras,

Sous les ténèbres embrasées
Des grands cieux à peine apaisés,
Le jet des dernières fusées
Fêtera nos premiers baisers !

LE
SOLEIL DE MINUIT

A Jean Marras.

NOTE BIBLIOGRAPHIQUE

Le *Soleil de Minuit*, qui date d'avril 1875, parut dans la troisième série du Parnasse Contemporain (1876, Alphonse Lemerre, éditeur). Il fit ensuite partie de : *les Poésies de Catulle Mendès* (1876, Sandoz et Fischbacher, éditeurs); plus récemment, il forma le dernier des sept volumes intitulés aussi : *les Poésies de Catulle Mendès*. (Ollendorf, 1885 ; Dentu, 1886.)

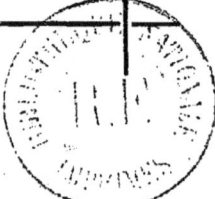

Quand l'immémoriale antiquité des jours
Commençait pour ce globe et ses vides séjours,
L'obscure volonté selon qui la matière
Se ruait à remplir sa destinée entière
Faisait sur le désert universel des eaux
Voguer les continents comme de grands vaisseaux ;
Et, la nuit, sous l'œil clair des récentes étoiles,
Les forêts s'emplissaient de vent, comme des voiles !
Aucun pilote humain. Seul, le Hasard savant,
Capitaine pensif qui veillait à l'avant,

Par l'épaisseur des mers que le sillage échancre
Guidait les lentes nefs, et, parfois, jetait l'ancre
Soit quand l'Est bleuissait, soit quand avait grandi
L'épanouissement des pourpres du Midi !

Des îles, à l'arrière, ainsi que des chaloupes,
Lourdes, traînaient, ou bien, plus légères, par groupes,
Flottilles que l'on nomme à présent archipels,
S'éloignaient sous l'azur ou la brume des ciels.

Plus d'une, obéissant à son propre mystère,
Tenta seule, ô destins ! l'infini solitaire.

Donc, au septentrion de la sphère, un îlot
S'échoua dans la paix hivernale du flot.
Pendant amas de blocs que la banquise épaule,
Ni l'âpre vent qui sort de la bouche du pôle
Ni les souffles du sud épouvantés des mers
Où le givre fleurit sur les glaçons amers,
N'ont pu, depuis les jours, faire bouger de place
Cette oasis de roc dans le désert de glace.

Là l'espace est blafard sous les deuils persistants
D'un long minuit! L'hiver a-t-il gelé le temps
Dans le piège éternel d'une seule heure sombre?
Blême à peine, vers l'ouest, s'ébauche une pénombre;
Sépulcre de brouillard où gît le soleil mort;
Et la neige aux grands plis, linceul royal du Nord,
De la cime des monts aux profondeurs s'épanche.
L'île déroule au loin sa solitude blanche
Que prolonge la morne et terne inclinaison
Des glaces de la mer vers le gris horizon,
Et, miroir des pâleurs sans fin continuées,
Le lourd ciel, en banquise agrégeant ses nuées,
Stable où s'entre-heurtant comme un glacier fendu,
Semble un autre océan polaire, suspendu!
Du sol mélancolique au dôme taciturne
S'étage le profond crépuscule nocturne
Où se meuvent des corps faits de neige et de nuit :
Grand faucon, tourmentant l'air opaque, sans bruit;
Renne qui sur le cap broute une maigre touffe;
Pétrel pêcheur, dans l'ombre où son râle s'étouffe
Hérissant par faisceaux son court plumage brun
Visqueux de la rosée amère de l'embrun;
Loup hurleur, aux reins forts, fauve louve, qui rôde

Vers un terrier trahi par une brume chaude,
Pendant qu'au loin s'allonge et plane en soulevant
Les plis du soir, le geste étrangement vivant
D'un noir tronc d'arbre hors d'une rocheuse fente,
Ou d'un mort que sa fosse ouverte réenfante!
Mais des formes bientôt se dissout le semblant,
Obscur, dans le brouillard, pâle, dans le sol blanc;
Et, soit que pèse l'air sur la plaine dormante,
Soit que, rude et rompant les sapins, la tourmente
Roule aux gouffres, avec l'avalanche, les ours,
La terre que poussa le vent des premiers jours
Déploîra le désert de ses blancheurs funèbres
Sur la lividité stagnante des ténèbres.

SNORRA

Le beau tueur de loups, le jeune homme aux bras forts,
Sur ma couche rompue a joui de mon corps.
Ton choc fut rude, Agnar! sans prière ni piège,
Soudain, hurlant, pareil à la trombe de neige
Qui frappe, emporte, abat le sapin résistant;
Et ma force, en tes bras sœur des joncs de l'étang,
A subi ta vigueur redoutable, avec joie!
Mais tu dors trop longtemps, jeune loup, sur ta proie,

23

Car un dessein hardi qu'irrite ta langueur
Rôde impatiemment dans l'ombre de mon cœur.

AGNAR

Pendant que le vieillard, ton époux et mon hôte,
Éventre du harpon les narvals de la côte,
J'ai vu, des flancs profonds aux cimes des seins durs,
Luire ta neige nue en tes cheveux obscurs.
Mais quel penser, semblable aux bêtes de carnage,
Rôde en ton sombre cœur, sous le toit que j'outrage?

SNORRA

J'ai dressé, pour ce jour, le faucon de la mort.

AGNAR

La femme rêve au mal pendant que l'homme dort.

SNORRA

Attends-tu que le bloc de glace qui surplombe,
Croulant, fasse au vieillard un couvercle de tombe?
Ou que le bord fangeux qu'on sent trop tard plier
Vers le geyser lui creuse un rapide escalier?

AGNAR

Cesse de me tenter, femme aux sombres amorces.

SNORRA

Il revient, le pêcheur de phoques et de morses,
Le vieil époux, visqueux d'eau marine, cassé
Sous le fardeau puant du poisson dépecé,
Et sa barbe essuîra, d'huiles rances infecte,
Ma bouche que le sang de tes baisers humecte!
Ah! le bloc au glacier tient trop ferme pour choir,
Le vieux minuit n'a pas de brouillard assez noir
Pour qu'à des yeux rusés le gouffre ouvert s'y cache :
Mais ton bras est robuste, et j'aiguise ta hache!

AGNAR

Grâce! il est mon ami.

SNORRA

Frappe! il est mon époux.

AGNAR

Quoi! tu n'as point pitié?

SNORRA

Quoi! tu n'es point jaloux?

Chasseur, c'est un scrupule où la crainte se mêle,
Que d'épargner le mâle ayant pris la femelle,
Et tu ne m'aimes point si tu ne le hais pas!

AGNAR

Je vis dans sa maison.

SNORRA

J'y dors entre ses bras!

AGNAR

Le meurtre laisse au fer une durable rouille.

SNORRA

Homme, saisis la hache, ou, femme, la quenouille!

AGNAR

La tête roulerait, sinistre, aux cheveux blancs.

SNORRA

Je me suis éveillée un lâche sur les flancs!
Quand passe un jeune curson, bête à peine poilue,
Ta bravoure se range, et, prudente, salue;

Et si leur vil troupeau te mordait aux genoux,
Pour en être épargné tu lécherais les loups!

AGNAR

Paix! Le baiser sied mieux que l'injure à tes lèvres.

SNORRA

Va t'accoupler avec les femelles des lièvres!
Surtout, soyez prudents : pour vous apparier
Élisez un lieu calme et voisin du terrier ;
Là, pullulez, bon couple, et broutez, pêle-mêle,
Prêts à fuir, les petits pendus à la mamelle,
Quand la neige a craqué sous la chute des glands.
— Tu ne m'embrasseras qu'avec des bras sanglants!

★

Qu'est-ce donc qu'a la nuit? un lent reflux circule
Dans la paix d'u livide et stagnant crépuscule;
Et comme soulevé par des ensevelis
Le blanc linceul du Nord s'émeut en ses grands plis.
C'est qu'une rougeur naît, vers l'est, dans la pénombre;
Tel transpire un rayon du sépulcre moins sombre,
Quand le ressuscité qui traîne un long lambeau
Lève sur les degrés la lampe du tombeau!

La rougeur s'épaissit, s'élargit, veut éclore,
Pousse, opaque rondeur, les ombres, croît encore,
Plane! et domine au loin les polaires pâleurs.

C'est le soleil nocturne, effroi des loups hurleurs!

Sur un blême sommet d'où la nuit se reploie
L'astre, pesant, séjourne, et, large et plein, rougeoie.
Fuite blanche, une brusque avalanche, par bonds,
Roule, revient, ressaute, et croule aux vals profonds :
L'orbe morne, vermeil dans l'ombre refoulée,
Dégorge sur la neige une rose coulée.

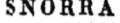

SNORRA

Ce soir, du pis gonflé des rennes, par trois fois,
Le sang, au lieu du lait, a jailli sous mes doigts :
J'ai frémi d'espérance à ce riant présage !
Certes, la mort attend le vieil homme au passage ;
Gravissant neige et roc, guettant à l'horizon
Un filet de fumée au toit de sa maison,

Lui-même il tend le cou sous la hache levée,
Et son dernier retour n'aura pas d'arrivée!

UNE VOIX LOINTAINE

Grâce!

SNORRA

J'entends son cri!

LA VOIX

Fils! me frapperas-tu?

SNORRA

Quoi donc! il parle encore?

LA VOIX

Oh! je meurs.

SNORRA

Il s'est tu.

Son chef tombe, ressaute, et roule par secousses,
Lutte, accroche ses poils aux ronces, mord les mousses,
Lapidé d'un torrent de pierres qui le suit,
Et tandis qu'il emporte aux gouffres dans la nuit

La suprême clameur qu'un prompt silence abrège,
Le tronc décapité saigne en haut sur la neige!
Réjouis-toi, mon sein! tu ne serviras plus
De couche humiliée au lourd dormeur perclus.
Il est mort, son baiser stérile, aux lèvres blanches!
Et mes flancs fécondés élargiront mes hanches,
Fiers de porter, vivace et frappant de grands coups,
Uu mâle, où revivra le beau tueur de loups!
Chaud du meurtre de l'autre, il vient, le nouveau maître :
Il voit ses champs de neige où ses rennes vont paître;
Il enjambe sa douve, il tire le barreau
De sa porte. Salut, mon Agnar! — C'est Snorro!

SNORRO

Femme! ce jour fut bon pour le pêcheur des côtes.

SNORRA

Qui donc jeta son râle aux solitudes hautes?

SNORRO

Mon panier s'est rompu, mais la proie est dedans!
Ah! ah! le chef barbu, le morse aux longues dents.

Croyait fuir le harpon qu'une corde ramène;
J'ai hissé par son cou la bête à face humaine!
Maintenant, mon vieux chien m'a léché sur le seuil;
Je m'assieds sous mon toit; l'âtre me fait accueil;
J'ai chaud; je vois tes yeux pleins de ton âme franche;
Et Snorro, satisfait, rit dans sa barbe blanche.

SNORRA

Quand le pétrel se plaint dans l'espace endormi
Parfois l'écho trompé croit qu'un homme a gémi.

SNORRO

Levé d'orge et de miel, le suc brun de la baie
Fait que l'œil se rallume et que le cœur s'égaie;
Je viderai vingt fois la tasse de bouleau!
L'antique hiver transmue en glace toute l'eau
Pour qu'aux liqueurs de feu l'homme garde ses lèvres.
Verse, femme! le vin m'emplit de jeunes fièvres
Et son flot répandu brunit mes poils grisons.
On compte mal les ans dans le Nord sans saisons
Comme on voit peu les plis d'une mare dormante,
Et le sang n'est pas vieux qui dans mon cœur fermente!

SNORRA

Tu t'abuses, vieillard glacé, dans la boisson.

SNORRO

Le violent geyser couve sous un glaçon !

SNORRA

L'âge a pétrifié l'eau vive et le bitume.

SNORRO

Non, femme aux yeux plus chauds cent fois que de coutume
Et sache qu'en buvant j'ai formé le dessein
De semer cette nuit ma race dans ton sein.

SNORRA

La louve concevra, mais d'un loup plein de force.

SNORRO

Parfois un rameau vert sort d'une vieille écorce !

SNORRA

Dors plus loin ton sommeil par l'ivresse épaissi.

SNORRO

Pourquoi Snorra, ce soir, m'est-elle rude ainsi ?
Veut-elle qu'on la prie et qu'on la complimente ?
Toi qui fus d'un vieillard la compagne clémente,
Comme la polémoine au flanc du glacier dur
Pour parfumer la neige ouvre sa fleur d'azur ;
Gardienne au cœur zélé des celliers économes,
Qui fermes ton vadmel aux yeux des jeunes hommes,
Et n'ouvres point l'oreille à leurs propos hardis,
Femme ! un fils te naîtra de moi, je te le dis !
Afin qu'aux jours prochains où, sans regard ni forme,
Il faudra qu'en un lit solitaire je dorme,
Tu baises sur un front de ta vue ébloui
L'image de l'époux que tu n'as point trahi ;
Et que l'enfant, vivant retour d'une âme absente,
Fidèlement te paie en tendresse innocente
L'amour candide et sûr, beau comme un jour vermeil,
Dont rêvera le père en son obscur sommeil !

★

La belle jeune louve amoureuse du mâle
Rampe, se tend, clôt l'œil, bâille avec un doux râle.
Ils vont bientôt, de faim moins que d'amour grondants,
Mordre ensemble une proie où se cherchent les dents,
Puis, quand le flanc repu sur le festin se vautre,
Tendres, lécher du meurtre aux lèvres l'un de l'autre.

Mais le loup, renversant la gorge, arquant les reins,
Voit le soleil ! L'horreur lui rebrousse les crins,
Et, cramponné de l'ongle au sol gelé qui craque,
Il hurle longuement à la vermeille flaque !

Brusque, il s'enfuit. Le vent ne le précède point.

Ses bonds roulent. Colère où la terreur se joint,

Il se mord, en claquant des dents dans les morsures.

Il fuit toujours. L'abîme a des profondeurs sûres :

Il y plonge, farouche, et plonge plus avant.

Il se plaît dans la neige et dans le sombre vent.

Quand repèse sur lui l'épais brouillard polaire,

Il ne sait plus pourquoi sa fuite s'accélère ;

Oubliant l'orbe atroce, à vif dans le ciel froid,

Il s'arrête, apaisé, se tourne, — et le revoit !

La rougeur en ruisseau jusques à lui serpente

Comme s'il eût laissé tout son sang sur la pente.

Fou de peur, il jaillit et tente les lieux hauts !

Ses vingt ongles de fer grincent sur les ressauts

De la glace, et ses dents mordent les neiges dures.

Les pointes d'un torrent gelé par les froidures

Lui déchirent les flancs et ne l'arrêtent pas.

Il s'amasse, ou s'allonge, il fait de petits pas

Ou de grands bonds, et quand, noir fardeau qui se hisse,

Il surmonte la cime au loin dominatrice,

L'écarlate rondeur règne en face de lui !

Alors, il geint d'angoisse.

               Où donc n'a-t-il pas fui ?
Dans la neige. Des crocs, des griffes et du ventre
Il défonce le sol où sa forme obscure entre.
La dure blancheur casse, ou, sous la chaleur, fond.
Il creuse encore. Autour du trou déjà profond
S'élève en bord épais la neige qu'il déplace.
Mais la fouille dénude une paroi de glace !
Et la bête, devant l'inattendu miroir,
Se pétrifie en la stupeur de toujours voir,
Comme un disque de chairs pourpre autour des vertèbres
Le soleil de minuit saigner dans les ténèbres !

★

SNORRA

Pendant que plein d'un songe où rit un nouveau-né
Ronfle du lourd vieillard le sommeil aviné,
J'ai déserté la couche et franchi les clôtures,
Cherchant l'ami des loups, le jeune homme aux mains pures!
Sans doute, en un lieu calme, il est couché, dormant,
Ou bien prend son épieu, loin du fer, prudemment,

24.

Et du manche dressé sur qui pèse une pierre,
Subtil, prépare un piège à la loutre guerrière,
Ou, de fils de bouleau qu'il croise et noue entre eux,
Trame une forte embûche aux blaireaux dangereux.

AGNAR

Emporte-moi, tourmente! ouvre-toi, fondrière!

SNORRA

Écoute, homme qui fuis.

AGNAR

Femme hideuse, arrière!

SNORRA

Le lièvre même attend quand nul ne le poursuit.

AGNAR

Le cou sans tête règne au milieu de la nuit!

SNORRA

La peur de l'action a causé ta démence.

AGNAR

L'épi rouge est sorti de ta noire semence :

J'ai frappé le vieil homme au détour du chemin !

SNORRA

Le vieil homme en son lit s'éveillera demain.

AGNAR

Sa vie à mes doigts gèle, et, par caillots, s'arrête !

SNORRA

Tu les trempas au ventre ouvert de quelque bête.

AGNAR

Ce fut dans le silence un long gémissement !

SNORRA

Le pétrel a râlé dans l'espace dormant.

AGNAR

Elle a roulé, la tête à chevelure blanche !

SNORRA

Parfois tombe, ressaute, et roule l'avalanche.

AGNAR

La pâle pente est rose au loin sous le ciel noir!

SNORRA

Le soleil s'est levé sur les neiges, ce soir.

AGNAR

Tu peux voir l'homme mort si tu tournes la roche!

SNORRA

J'ai vu l'homme vivant, tout à l'heure, et trop proche.

AGNAR

Tu mens : je l'ai tué!

SNORRA

Ris quand je te croirai.

AGNAR

Tué! tué! — tiens, vois!

SNORRA

Épouvante! Il dit vrai.

AGNAR

Oh! l'orbe large et plein qui dégorge un flot rouge!
Pour ne le point revoir, vif encore et qui bouge,
Que n'as-tu, lâche Agnar, de tes doigts furieux,
Hors de leurs trous creusés fait jaillir tes deux yeux!

SNORRA

Donc, les morts sont vivants. La mort est une porte
Qui reste entre-bâillée afin que l'on ressorte.
Hache de l'assassin, assaille l'homme! abats
Sa tête sur ses pieds, son bras après son bras,
Comme fait la cognée au sapin qu'elle émonde,
Que le tronc reste en haut, festin de l'aigle immonde,
Et que le crâne roule au fond du creux ravin,
Le mort, calme, se dresse après le meurtre vain,
Rattache ses deux bras, sans se hâter, rajuste
Sa tête dans le val ramassée, à son buste,
Rentre au logis, d'un pas ni trop lent ni trop prompt,
Donne le gai bonsoir, baise sa femme au front,
Parle, écoute un récit dont il rit ou se fâche,
N'en fait point de l'abîme effrayant qui le lâche!

Et s'endort, souriant, les yeux clos à demi,
Comme s'il n'était pas pour toujours endormi.
L'étroit sépulcre même où le ver les travaille
Ne retient pas des morts la sourde relevaille.
L'être, sous les granits entassés, vains fardeaux
Que disjoint la poussée horrible de son dos,
Reprend son crâne aux rats, ses os à la belette,
Et, rassemblant sa chair autour de son squelette,
Sans que l'odeur attire à son toit le corbeau
Vient coucher dans son lit, étant las du tombeau !

AGNAR

C'est une étrange foi qui succède à ton doute.

SNORRA

Je parle à ce rusé cadavre qui m'écoute !
J'ai dit vrai, n'est-ce pas, vieux Snorro ? n'est-ce pas
Que le mari posthume a dormi dans mes bras,
Et qu'instruit dans la mort des trahisons vivantes,
Tu vins, homme ! vouant aux justes épouvantes
L'épouse instigatrice et l'amant égorgeur,
Dans mon ventre adultère enfanter ton vengeur !

★

Alors dans le minuit plein d'un vent de colère
S'empourpre horriblement le grand caillot solaire.
Explosion haineuse, il crève, éclaboussant
Toute l'immensité des ténèbres, de sang !
Et sous lui sanglotante, une large coulée,
Mare sur les plateaux, gave dans la vallée,
Précipite aux bas-fonds son flot torrentiel,
Qui rejaillit, geyser de pourpre, vers le ciel !

Sans bornes se répand l'effusion vermeille.

Sous la brume aux vapeurs des massacres pareille,

Les glaciers sont de grands miroirs érubescents ;

Tiède comme un linceul sur des meurtres récents

La neige en ses grands plis, sanglante, se dilate.

L'île déroule au loin son désert d'écarlate

Que prolonge la morne et rouge inclinaison

Des glaces de la mer vers le rose horizon,

Et, doublant l'incarnat sans fin de l'étendue,

La nuée, en glaçons de rubis suspendue,

Semble une mer de sang figé, qui planerait !

Vers la haute blessure, un loup hurle, en arrêt ;

Et la femelle, folle et mordant ses entrailles,

Détestable berceau de proches funérailles,

Va, revient, court, veut fuir le grand carnage épars ;

Mais toujours plus sanglant s'étend de toutes parts

Sous les frissons vermeils du brouillard qui s'effraie

Le deuil rouge éclairé par une énorme plaie !

Il cessa de couler, pourtant, le hideux flux.

L'homme était-il vengé ? L'astre ne saigna plus.

Du levant au ponant, des profondeurs au faîte,

Sous le ciel rassombri la blancheur s'est refaite ;

Certes, aux jours marqués pour ses retours fréquents,

L'astre polaire, au loin, sur d'anciens volcans,

Se lève, mais spectral et pâle, et, sans colère,

Dessillant dans la brume un œil crépusculaire.

Sous la lividité du minuit persistant

L'île blafarde, au loin solitaire, s'étend,

Jusqu'à ce que les nefs de l'antique pilote,

Dans l'orageux chaos où leur désastre flotte,

Rompant l'ancre scellée au roc des vieux destins,

Marquent, l'homme étant mort sous les soleils éteints,

Le terme pour ce globe et ses vides demeures

De l'immémoriale antiquité des heures.

TABLE DES MATIÈRES

CONTES ÉPIQUES

PIÈCES DATÉES

LE SOLEIL DE MINUIT

www.ingramcontent.com/pod-product-compliance
Lightning Source LLC
Chambersburg PA
CBHW071900020726
47502CB00003B/832